4° Ym 13

I0574609

Rouslane et Ludmile

BIBLIOTHÈQUE NATIONALE IMPRIMÉS

82 98

4°Ym
13

Tirage à 500 exemplaires dont quelques papiers de Chine non mis dans le commerce.

POUCHKINE

ROUSLANE ET LUDMILE

POÈME

TRADUIT DU RUSSE PAR

VÉRA STARKOFF

ILLUSTRATIONS DE MARIE EGOROFF

PARIS

LIBRAIRIE DE L'ART INDÉPENDANT

10, Rue Saint-Lazare, 10

1898

Tous droits réservés.

NOTES

SUR

ALEXANDRE SERGUIEIEVITCH POUCHKINE

(né le 26 mai 1799, mort le 29 janvier 1837)

« Vraiment ! nous avons raison d'être fiers de notre littérature : inférieure aux autres au point de vue de la richesse
des talents, elle s'en distingue par l'absence de l'abaissement
servile. Nos talents sont nobles, indépendants, » écrit Pouchkine à un de ses amis.

Son propre exemple ajoute une preuve de plus à l'appui de
cette assertion. La noblesse des sentiments et l'indépendance
de l'esprit sont les traits caractéristiques du poète. Ces rares
qualités, peu appréciées de nos jours, étaient sévèrement
poursuivies à l'époque de Pouchkine. La Russie était à peine
sortie de la torpeur intellectuelle des âges primitifs, et ses
mœurs restaient encore fidèles aux traditions de férocité
féodale.

L'aïeul maternel de Pouchkine avait épousé de force la
fille d'un capitaine, puis, l'ayant soupçonnée d'infidélité, il l'en-
ferma dans un couvent. C'était le célèbre « arabe de Pierre le
Grand », selon l'expression du poète qui se plaisait à exagérer

l'importance de cet ascendant. En réalité, il avait été enlevé au harem de Constantinople par l'ambassadeur de Russie qui l'avait offert au czar. Il était alors d'usage d'avoir, dans la suite impériale, des Turcs. des Kalmoucks, des Arabes. Pierre le Grand s'occupa de son éducation, l'envoya à Paris pour apprendre le métier d'ingénieur et le gratifia d'une pension annuelle de 240 fr. Le protégé du czar faillit y mourir de faim et revint en Russie dans un état déplorable.

Le grand-père paternel de Pouchkine, quoique appartenant à la vieille noblesse russe, ne fut pas plus tendre pour sa femme. Il l'emprisonna sur un soupçon de liaison qu'elle aurait eu avec un Français, gouverneur de leurs enfants qu'il pendit tout simplement dans sa cour.

Pouchkine ne se montra pas tout d'abord un enfant prodige. Il avait l'air gauche, timide. Ses gestes embarrassés, sa parole difficile faisaient honte à ses parents. Son père, un lettré à l'esprit superficiel, sa mère uniquement préoccupée de la vie mondaine, désespérèrent même de ses aptitudes. Cependant l'enfant cachait sous l'engourdissement extérieur le don de l'observation et une curiosité intelligente.

Il se passionnait pour « des histoires ». Sa grand'mère lui en racontait de belles où il était question de héros et de batailles. Mais il leur préférait les contes de sa vieille bonne, sa vraie muse et son inspiratrice qu'il identifia plus tard avec la poésie même. « La poésie, c'est une petite vieille qu'on visite parfois pour oublier les potins, les journaux et les soucis de la vie et qui vous égaye par ses contes et son charmant bavardage. » C'est cette vision qu'il évoque dans la dédidace de Rouslane : « au chuchotement de la vieillesse bavarde. » Arina Rodionovna, telle était son nom, agrémentait ses récits de dictons et de proverbes, et de cette façon lui apprenait à connaître le véritable esprit du peuple. Cette affection touchante ne le quitta pas jusqu'à la mort. A un moment pénible de sa vie, pendant son exil, il en parle dans sa correspondance : « J'écoute les contes de ma vieille bonne. Elle est mon unique amie, avec elle seulement je ne m'ennuie pas. »

A sept ans, pareil à la chrysalide, il sort de son état d'engourdissement, change de nature. Son origine arabe se fait jour ; son cerveau et son cœur sont toujours en ébullition. Son ardeur excessive ne trouve pas plus de crédit auprès de ses parents que son apathie passée. Ils s'efforcent vainement à l'étouffer. La tendre sollicitude des deux femmes est remplacée par l'enseignement pédantesque des professeurs allemands et français que les familles aristocratiques faisaient venir de l'étranger. On se l'explique facilement quand on réfléchit à l'absence d'écoles et d'universités. D'ailleurs, on n'apprenait pas la langue maternelle. le russe était banni de la société, servait seulement pour parler aux domestiques.

Les premiers vers de Pouchkine furent écrits en français. Il avait douze ans, il venait de composer une comédie intitulée *l'Escamoteur*. Il la joua lui même devant sa sœur qui siffla la pièce. Alors, de bonne grâce, il se mit à rire et fit sa propre critique :

> Dis-moi, pourquoi l'*Escamoteur*
> Est-il sifflé par le parterre ?
> Hélas ! c'est que le pauvre auteur
> L'escamota de Molière !

Les maîtres ne réussissaient pas à calmer l'impétuosité avec laquelle se dégageait la personnalité de l'enfant poète.

On l'envoie loin de la maison au lycée de *Tezarskoïe sielo*[1],
le premier qui venait d'être fondé en Russie. Il y trouve
quelques bons professeurs, mais une telle absence de disci-
pline que tous les cours, à quelque exception près, dégénèrent
peu à peu en causeries amicales entre maîtres et élèves où de
gais propos sont souvent arrosés de force bouteilles de vin.
Chacun va à son penchant. Pouchkine se met à dévorer les
livres français, Parni et Chénier sont à cette époque ses au-
teurs préférés. Le goût des lettres rapproche quelques élèves,
et ils forment avec Pouchkine un petit cercle littéraire où
chacun écrit des articles et où tous improvisent en commun
des romans. Le talent de Pouchkine perce et est remarqué
par ses professeurs et ses camarades. Il se hasarda même à
dire de ses vers à un examen public, — devant un grand personnage littéraire du temps, Derjavine, – qui lui reconnût beaucoup de talent. Le bruit qu'un poète de quinze ans venait de se
révéler se répandit parmi les écrivains. Leur conduite envers
lui est exemplaire de désintéressement, ils l'encouragent avec
enthousiasme. Le poète traducteur qui avait préparé le terrain
à Pouchkine, en dégageant le vers russe de l'emphase et de la
raideur officielles et en montrant au public ce qu'était une
œuvre vraiment poétique, Joukovski, à l'apogée de sa gloire,
s'incline devant le poète enfant. Il reçoit Pouchkine, à peine
sorti du collège, dans la société des gens de lettre d'*Arsamasse*,
composée de vaillants romantiques, en guerre avec la *Société
des amateurs de la Parole russe*, qui soutenait la littérature
pompeuse et froide des soi disant classiques. Après avoir lu

----

[1] Résidence d'été du czar actuel, située à une heure de Saint-Pétersbourg.

Rouslane et Ludmile, il envoye sa photographie au jeune poète avec cette inscription : « A l'élève de la part du maître vaincu. »

Sans fortune, Pouchkine est obligé de gagner sa vie ; il entre au Ministère des affaires étrangères et ses appointements de 700 roubles lui permettent de s'adonner à la poésie. Il a vingt ans, la vie l'attire, le monde, le grand monde ; mais bientôt l'atmosphère factice de l'étiquette l'étouffe, sa nature d'artiste demande du large, sa jeunesse gronde en lui. Il se jette éperdûment dans la vie galante, dans les orgies où le trop plein de ses passions d'oriental se déchaîne. C'est à cette époque qu'endetté, il perd aux cartes une partie de ses vers. Malgré cette vie de débauche il a soif de vie intellectuelle, il éprouve un grand besoin d'activité morale. Non seulement il ne cesse pas de travailler, mais il se mêle au mouvement libéral provoqué par la guerre de 1812 et sévèrement réprimé par le gouvernement. Pouchkine lance hardiment des épigrammes contre les ministres et chante la liberté. Ses vers ont un retentissement si grand que le gouverneur de Saint-Pétersbourg s'en inquiète et l'invite à s'expliquer. Comme il donne l'ordre de perquisitionner dans le domicile du poète, Pouchkine présent dit : « Vous n'y trouverez pas ce que vous cherchez, donnez-moi une plume et du papier et je vous écrirai tout moi-même. » Il échappe à la prison grâce à l'intervention auprès du czar de Karamzine, le grand historien russe. Il est transféré dans le midi ; mais ne pouvant et ne voulant pas combattre les élans de son cœur, il tombe définitivement en disgrâce, est exilé dans la propriété de ses parents et y doit subir une sorte de tutelle morale qui consiste à décacheter les lettres, à espionner les relations, les écrits et les paroles. Son propre père se charge de cette indigne fonction et use envers lui de procédés de gendarmes. On s'imagine facilement le désespoir de Pouchkine ; il en arrive à souhaiter la véritable prison. Il oublie ses chagrins dans le travail. Pendant cet exil, son talent s'affranchit de l'influence étrangère et après avoir imité Byron et Shakespeare, il trouve sa vraie voie dans la peinture des mœurs et de la nature de son pays.

Gracié par Nicolas Ier il est mandé auprès de lui. Voici comment il raconte son entrevue avec l'empereur.

— « Bonjour, Pouchkine, es-tu content de ton retour ? » « Je répondis comme je devais. L'empereur m'entretint longuement, puis il me demanda » : — « Aurais-tu pris part au 14 décembre, si tu avais été à Saint-Pétersbourg ? » — « Certainement, sire : tous mes amis étaient du complot, je n'aurais pas pu ne pas en être. Seule mon absence m'a sauvé et j'en remercie Dieu. »

— « Tu as assez fait de bêtises, répliqua l'empereur : j'espère que maintenant tu seras raisonnable et que nous n'allons plus nous disputer. Tu m'enverras tout ce que tu écriras ; dorénavant, je serai moi-même ton censeur. »

L'entrée en faveur lui fut plus pénible que la disgrâce. Il ne peut se faire à l'idée de devenir un courtisan et souffre horriblement de sa dépendance d'auteur : il n'a pas le droit de lire ses manuscrits à personne sans les avoir préalablement soumis à l'empereur ou plutôt au tout puissant comte de Benkendorf qui lui était particulièrement antipathique. Un combat intérieur se livre continuellement dans son âme. D'un côté le besoin traditionnel de luxe, développé par l'éducation, lui fait rechercher le grand monde et l'argent, et de l'autre les révoltes de sa nature géniale contre la bassesse et la médiocrité le mettent en désaccord poignant et tacite avec le milieu où il vit.

Son mariage empira la situation en le livrant davantage au grand monde et à la cour. L'empereur le fit nommer au ministère et lui assigna lui-même 5000 roubles d'appointements. Sa femme âgée de 18 ans, nièce d'une dame d'honneur de l'impératrice, est remarquée par sa grande beauté et a beaucoup de succès à la cour. Il l'aime d'un amour vrai, lui sacrifiant son repos et ses goûts, se préoccupant de la rendre heureuse, respectant ses faiblesses : sa mondanité et son besoin de coquetterie qui le conduisirent à la tombe. Dans une de ses lettres Pouchkine dit à sa femme : « Tu t es regardée dans la glace et tu t'es assurée qu'il n'y avait rien au monde de comparable à ton visage ; mais j'aime encore mieux ton âme que ton visage. » Tout porte à croire que Pouchkine a idéalisé sa femme, car rien ne trahit en elle une belle âme. C'est une femme frivole, absorbée par ses succès et les potins du monde, dont la nature futile n'est pas en mesure de comprendre et d'apprécier le génie et le beau caractère du poète.

Lorsqu'il est en voyage, tracassé par ses affaires pécuniaires, elle lui envoie des comptes rendus de ses succès mondains et de ses nouvelles conquêtes. Voilà ce qu'il lui répond : « Je te le répète doucement, la coquetterie ne mène à rien de bon ; et tout en ayant quelque agrément, elle dépouille promptement une jeune femme du respect, indispensable à tout bonheur conjugal, à toute tranquillité des relations mondaines Tu n'a pas à te réjouir de tes succès ; la c... à laquelle tu as emprunté ta coiffure, (tu dois être très belle avec cette coiffure, j'y ai pensé cette nuit), Ninon disait : *Il es écrit sur le cœur de tout homme : à la plus facile.* Après cela, sois fière d'enlever les cœurs des hommes. Réfléchis-y bien et ne me tourmente plus. »

De plus en plus, la vie qu'il mène lui devient insupportable ; quelques mois avant sa mort, il écrit à une amie : « Croyez-moi, la vie, toute habitude agréable qu'elle soit, contient une amertume qui la rend odieuse à la fin. Le monde est une vilaine mare de boue. » L'étiquette de la cour n'arrive pas à emprisonner sa pensée et son inspiration. Il flétrit en épi-grammes anonymes la science officielle et l'Académie, il s'attire la malveillance du ministre de l'Instruction publique qui lui manifeste son mécontentement à une soirée. Pouchkine, indigné du procédé, lui dit : « De quel droit me faites-vous une observation du moment que vous ne pouvez pas affirmer que ces vers sont de moi ? » — « Mais tout le monde dit qu'ils sont de vous ! » — « Les *on dit* ne prouvent rien ; mais je vous dis, moi, que je ferai des vers sur vous et je les publierai avec ma signature en toutes lettres. »

Il exécuta sa menace quelques mois après cet entretien. Le ministre relevait d'une maladie ; Pouchkine écrivit *Le rétablissement de Lucullus* où tout le monde reconnut le haut personnage.

A ce propos il est mandé auprès du comte de Benkendorf qui lui fait de violents reproches en disant que le ministre s'était reconnu lui-même. « Cependant ces vers ne le visent pas » répondit Pouchkine. « Qui donc alors ? » — « Vous. » Le comte fit un bond et se mit à lire attentivement les vers qui étaient sur sa table. Arrivé au passage où le poète faisait allusion au vol des forêts de l'Etat, il s'écria : « Je n'ai pour-tant pas volé de bois au gouvernement. » — « C'est donc le ministre, puisqu'il s'est reconnu. »

Il se forma alors contre Pouchkine une cabale dirigée par le ministre et le comte. On l'exaspérait par une surveillance sévère de la police, on décachetait ses lettres, on l'humiliait à la cour ; on profita, enfin, de la conduite équivoque de sa femme, et on lui envoya, à lui et à ses amis, des lettres anonymes, en disant qu'elle était la maîtresse de Dantès. Le duel a lieu et Pouchkine meurt le 29 janvier 1837.

Pouchkine fut un grand poète, il a laissé des chefs-d'œuvre : *Evgueni Onieguine, Pollava, Boris Godonnof, La fille du capitaine.* Il incarnait le génie du peuple russe : la vigueur, la franchise, la simplicité. La beauté de son œuvre est dans la recherche de la vérité d'où jaillit inconsciemment des flots de poésie. Il savait marier d'une façon admirable le réel et l'idéal. Véritable créateur de la langue russe poétique et littéraire il a révélé ses formes variées à l'infini, son ingénuité, sa simplicité si parfaite dans l'expression, une absence de rhétorique qui paraîtront peut-être des défauts à l'esprit français, habitué à l'élégance avant tout. « J'aurais voulu conserver à la langue russe, disait-il, une sorte de franchise biblique. La rudesse et la simplicité lui vont bien. »

Cette pensée nous a guidée dans notre traduction. Pour lui être fidèle nous avons gardé la répétition fréquente de certains mots (soudain, déjà, etc.) et certaines formes bibliques.

Rouslane et Ludmile est une œuvre de jeunesse. Pouchkine n'avait pas vingt ans quand il l'écrivit. Ce poème, ou plutôt ce conte de fée, est plein de digressions, de débordements de sensualité et de lyrisme. A côté des scènes d'une belle envergure on y trouve des passages enfantins ; il y a des longueurs interrompues d'une façon heureuse par l'aveu du poète lui-même qui demande gentiment pardon ; les envolées vers d'idéal y alternent avec des refrains de sensualité, et l'ensemble dégage une fraîcheur âpre, une senteur des bois incultes où les fleurs sont entrelacées avec les ronces.

Une artiste très personnelle, Madame Marie Égoroff a bien voulu illustrer *Rouslane et Ladmile*. Son art ingénu et puissant a rendu d'une façon remarquable l'esprit de ce conte dans quatre dessins et une couverture du livre. Le prologue, c'est la poésie décevante de la vie, le mirage fuyant des choses et des êtres. Dans la soirée des noces on sent planer l'angoisse du bonheur, la fatalité qui préside aux destinées. L'ermite et Naïne personnifient la double fin des désirs humains : la déception et l'agonie. Le dessin de la tête représente la puissance physique et les forces du mal vaincues par le vrai courage et l'esprit du bien.

VÉRA STARKOFF.

DÉDICACE

—

Pour vous, reine de mon âme,
les belles, pour vous seules
j'écrivis d'une main fidèle,
dans les heures de loisirs dorés
au chuchotement de la vieillesse bavarde,
ces chimères des temps passés.
Acceptez donc mon ouvrage badin .
Je ne demande de louanges à personne,
le doux espoir me suffit
qu'une vierge frissonnante d'amour
regardera, peut-être, en secret,
mes chants pleins de péché.

Rouslane et Ludmile

POÈME DE POUCHKINE

PROLOGUE

On voit au détour de la mer un chêne vert.
Sur ce chêne une chaîne d'or ;
autour de cette chaîne jour et nuit se promène
un chat magicien.
Lorsqu'il dirige ses pas à droite, il chante une chanson,
à gauche, il narre un conte de fée :
là-bas, au pays des merveilles, là-bas, erre un esprit,
sur les branches une *roussalka* (1) est assise ;
là-bas, dans les sentiers inconnus,
sont des traces d'animaux ignorés.
Là-bas l'*ishouchka* (2) sur ses fragiles pattes de poulet

---

(1) Fée marine.
(2) *Ishouchka,* diminutif d'*Isba* (habitation de paysan).

2

surgit sans fenêtres, sans portes;
là-bas, la forêt et le vallon sont pleins de visions.
Là-bas, à l'aube, accourent les vagues
sur le rivage désert et sablonneux,
et trente superbes guerriers
émergent tour à tour des eaux claires,
et avec eux, leur chef, *le Démon marin.*
Là-bas, un jeune prince, en passant,
s'empare d'un czar terrible;
là-bas, dans les nues, devant tout un peuple belliqueux,
par les forêts, par les mers,
le sorcier emporte un héros.
Là-bas, en prison, se lamente la *czarevna* (1),
mais le loup noir la sert fidèlement.
Là-bas, la béquille de la *Mère Jaga* (2),
errante, chemine d'elle-même.
Là-bas, le czar *Kochtczei* (3) dépérit sur son or.
Là-bas, souffle l'esprit russe... là-bas on sent la Russie;
là-bas j'ai été, là-bas j'ai bu du miel.

---

(1) Fille du czar.

(2) La sorcière des contes de fées.

(3) Kochtczei, auquel on donne habituellement l'épithète d'immortel, est un personnage fantastique des contes de fées. Gardien des trésors, comme le serpent, il est l'ennemi redoutable de tous les héros. Pour le tuer, il faut de grands efforts; sa mort est cachée au fond de la terre, dans l'île Bouiane, sous un chêne vert, dans un coffre-fort enfoui sous le chêne. Dans le coffre il y a un lièvre, dans le lièvre une oie et dans l'oie un œuf, si on écrase l'œuf Kochtczei meurt (*Encyclopédie russe*).

Près de la mer j'ai vu le chêne vert,
sous le chêne je m'étais assis, et le chat savant
me disait ses contes.
Un d'eux me revient à la mémoire, et de ce conte
maintenant je fais part au monde.

CHANT PREMIER

Actes des jours depuis longtemps écoulés,
légendes de la vieillesse profonde.

Au milieu de ses fils puissants,
avec ses amis, dans son château élevé,
Vladimir-le-Soleil festoyait.
Il donnait sa fille cadette pour femme
au courageux duc Rouslane,
et il buvait à leur santé
du miel dans un verre lourd.
Sans se hâter mangeaient nos aïeux,
sans se hâter se mouvaient tout autour
les puisars, les coupes d'argent,
remplis de bière et de vin bouillants.
Ils versaient au cœur la gaieté,
l'écume jaillissait aux rebords,

les échansons les portaient avec importance,
et très bas ils s'inclinaient devant les hôtes.

Les discours se confondent en un bruit sourd ;
le cercle joyeux des convives bourdonne,
mais soudain on entend une voix suave
et le son furtif du *psaltérion* (1).
Tous se taisent, écoutent le *Baiane* (2).
Et le chanteur délicieux glorifie
Ludmile-le-Charme et Rouslane,
et leur couronne par *Lel* (3) sculptée.

Mais fatigué par l'ardente passion,
l'amoureux Rouslane ne boit, ni ne mange,
il regarde l'être cher,
soupire, se met en colère, brûle,
et tirant ses moustaches d'impatience
compte tous les instants.
Désespérés, le front ombrageux,
trois guerriers sont assis
à la bruyante table nuptiale ;
silencieux devant la coupe vide,
ils oublient le verre de la ronde,

---

(1) Instrument très en vogue au Moyen-Age Il se composait d'une caisse sonore de petite dimension sur laquelle étaient tendues des cordes qu'on faisait vibrer à l'aide des doigts.
(2) Chanteur mythologique.
(3) Dieu de l'amour et de l'hymen.

et la nourriture leur est un supplice.
Sourds à l'éloquence du Baiane,
ils baissent leur regard troublé.
Ce sont les trois rivaux de Rouslane.
Dans l'âme ils couvent, les malheureux,
le poison de l'amour et de la haine.
L'un, Rogdaï, hardi conquérant,
qui élargit de son glaive les confins
des riches champs de Kief ;
l'autre, Farlaf, braillard arrogant
dont personne ne triomphe dans les festins,
mais guerrier modeste au milieu de poignards ;
le dernier, plein d'une pensée voluptueuse
est le jeune khan (1) des Khasares (2), Ratmire.
Tous les trois sont pâles et maussades,
et le festin joyeux n'est pas une fête pour eux.

Le voilà fini ; on se lève par rangées,
on s'entasse en bandes bruyantes,
et tous regardent les jeunes mariés :
la fiancée a les yeux baissés,
le cœur vaguement angoissé ;
le joyeux fiancé est rayonnant.
Mais les ténèbres embrassent toute la nature,
on est déjà près du sourd minuit.

---

(1) Prince.
(2) Peuplade barbare.

Les boyards que le miel fait sommeiller,
avec un salut s'en vont chez eux.
Le fiancé est dans la joie, dans l'extase,
son imagination caresse
la beauté de la vierge pudique ;
mais c'est avec un attendrissement secret, triste,
que le grand duc donne sa bénédiction
au jeune couple.

Et voilà qu'on mène la jeune fiancée
au lit conjugal ;
les lumières s'éteignent,.. et Lel
allume la lampe nocturne.
Les chers espoirs se sont accomplis !
Les dons de l'amour se préparent ;
les vêtements jaloux tombent
sur les tapis royaux...
Entendez-vous le chuchotement amoureux
et le doux bruit des baisers,
et le murmure interrompu
d'une dernière timidité ?... L'époux
éprouve la félicité d'avance ;
et le bonheur est là... Soudain
le tonnerre gronde, l'éclair brille dans le brouillard ;
la lampe s'éteint, la fumée fuit,
tout s'assombrit, tout frissonne,
et l'âme de Rouslane s'arrête. .
Tout se tut. Dans le silence menaçant

résonna deux fois une voix étrange,
et quelqu'un dans la profondeur vaporeuse
serpenta plus noir que les nuées ténébreuses...
Et de nouveau le palais est vide et calme.
Le fiancé effrayé se lève,
son visage est couvert de sueur froide ;
tremblant, de sa main glacée.
il interroge la muette obscurité...
Oh ! malheur, la chère compagne n'est plus !
Il saisit l'air vide. —
Point de Ludmile dans l'épaisse ténèbre,
elle est ravie par une force inconnue !

Oh ! si un martyr d'amour
souffre d'une passion sans espoir,
bien que vivre soit triste, mes amis,
cependant vivre est encore possible.
Mais après de longues, longues années,
embrasser l'amie aimée.
l'objet de désirs, de pleurs, de langueurs,
et soudain, l'épouse d'un instant.
la perdre pour l'éternité... O, amis,
certes, j'aimerais mieux mourir !

L'infortuné Rouslane vit cependant.
Mais le grand duc, qu'a-t-il dit ?
Frappé subitement par l'horrible rumeur,
foudroyant son gendre de colère,

il l'appelle lui et la cour :
« Où, où est Ludmile ? » demande-t-il,
le front enflammé, terrible.
Rouslane n'entend pas. — « Enfants, amis?
Je me rappelle d'anciens services ;
ayez pitié du vieillard !
Dites, qui de vous consent
à galoper à la recherche de ma fille ?
Celui dont l'exploit ne sera pas inutile,
à celui-là — souffre, pleure, scélérat,
qui n'a pas su garder ton épouse, —
à celui-là je la donnerai pour femme
avec la moitié du royaume de mes aïeux.
Qui de vous l'entreprend, enfants, amis?... »
« Moi, » dit le douloureux fiancé,
« Moi, moi ! » s'écrièrent avec Rogdaï
Farlaf et le joyeux Ratmire,
« nous sellerons bientôt nos chevaux,
nous sommes heureux de parcourir le monde ;
père, ne prolongeons pas la séparation ;
ne crains rien, nous partons à la recherche de la princesse.»
Et le vieillard épuisé par le chagrin
avec une reconnaissance muette,
tout en larmes, leur tend les mains.

Tous les quatre sortent ensemble.
Rouslane est comme tué de tristesse,
la pensée de la fiancée perdue

le torture et l'engourdit... —
Ils montent leurs chevaux fougueux ;
sur les rives bienheureuses du Dniepre
ils fuient dans la poussière qui tourbillonne.
Déjà au loin on les voit disparaître,
déjà on ne voit plus les cavaliers.
Mais longtemps encore le grand duc
regarde le champ désert,
et par la pensée court à leur suite.

Rouslane souffrait en silence,
ayant perdu la pensée et la mémoire.
Regardant par-dessus l'épaule avec arrogance,
mettant la main sur la hanche avec importance
Farlaf suivait Rouslane, l'air boudeur.
Il dit : « Enfin, amis,
je me suis échappé en liberté !
Viens donc à ma rencontre, géant !
Certes, il y aura du sang répandu,
certes, il y aura des victimes du jaloux amour ! ..
Réjouis-toi mon fidèle poignard,
réjouis-toi, mon fougueux coursier ! »

Le khan des Khasares, en son esprit,
déjà, tient dans ses bras Ludmile,
il danse de bonheur sur sa selle ;
en lui joue le sang de la jeunesse,
l'œil est enflammé d'espérance ;

tantôt il galope à toute bride,
tantôt il taquine son rapide coursier,
le fait virer, se cabrer,
ou, crânement, de nouveau
l'emporte vers les collines.

Rogdaï est maussade, il se tait — pas un mot.;
effrayé par un sort inconnu,
en proie à une vaine jalousie,
de tous, il a le plus de soucis;
et souvent son regard effroyable
lugubrement sur le duc est fixé.

Les rivaux tous ensemble
vont tout le jour dans la même voie.
Les pentes douces des bords du Dniepre s'assombrissent;
du levant s'écoule l'ombre de la nuit,
les brouillards flottent sur le Dniepre profond.
Il est temps de donner du repos aux chevaux.
Et voilà que vers la montagne un chemin large
se croise avec un large chemin.
« Séparons-nous, il est temps, » disent-ils.
« Confions-nous au sort inconnu. »
Et chaque cheval ne sentant pas l'acier,
à son gré, choisit le chemin.

Que fais-tu, malheureux Rouslane,
seul dans le désert silencieux ?

Ludmile, le jour affreux du mariage,
tout, tu crois l'avoir rêvé !
Le casque d'airain enfoncé jusqu'aux sourcils,
la bride lâchée par tes mains puissantes,
tu t'avances au pas parmi les champs,
et lentement dans ton âme
l'espoir s'en va, la foi s'éteint...

Mais soudain une grotte apparaît devant lui,
dans la grotte une lueur... Il va droit à elle,
sous les voûtes endormies,
vieilles comme la nature.
Il entre avec tristesse ; que voit-il ?
Dans la grotte un vieillard : l'air serein,
le regard tranquille, la barbe blanche ;
la lampe sacrée brûle devant lui ;
il est assis devant un livre antique
absorbé par la lecture.
« Sois le bienvenu, mon fils ! »
Il dit à Rouslane avec un sourire :
« Voilà vingt ans que seul, ici,
je me flétris dans les ténèbres d'une vieille vie.
Mais enfin je vois arriver le jour
depuis longtemps prévu par moi.
Le sort nous a réunis,
prends place et écoute-moi.
Rouslane, tu as perdu Ludmile.
Ton esprit énergique perd ses forces ;

mais le furtif instant du mal s'enfuira :
pour un temps le sort t'a frappé.
Avec espoir, avec une foi joyeuse
ne recule devant rien, ne te laisse pas abattre.
En avant ! Par le glaive et par ta courageuse poitrine
marche à travers le chemin ténébreux ;
sache-le, Rouslane, ton ennemi est un sorcier,
le terrible *Tchernomor* (1),
le vieux ravisseur des belles,
le possesseur des montagnes ténébreuses.
Jusqu'à présent dans sa demeure
personne encore ne jeta le regard.
Mais toi, le destructeur des méchantes trames,
tu y entreras et le scélérat
périra de ta main !
C'est tout ce que je peux te dire.
Le sort de tes jours futurs
est désormais en ton pouvoir. »

Notre héros tombe aux pieds du vieillard,
et dans la joie il lui baise la main.
Le monde s'illumine à ses yeux
et son cœur oublie le tourment.
Le voilà ressuscité et, soudain, de nouveau
sur la rougeur subite du visage apparaît le chagrin...

---

(1) Peste noire.

« La cause de ton ennui m'est claire,
mais il est aisé de chasser la tristesse, »
dit le vieillard : « l'amour
du blanc sorcier te fait peur ;
calme-toi, sache qu'il est vain,
et point redoutable à la jeune vierge.
De l'horizon il fait descendre les étoiles,
il siffle, la lune tremble ;
mais contre la loi du temps
sa science est impuissante.
Gardien jaloux, craintif,
des portes aux verrous implacables,
il n'est que l'impuissant tyran
de sa charmante captive :
autour d'elle il rôde silencieux,
maudit son sort impitoyable...
Mais brave guerrier, le temps passe,
et tu as besoin de repos. »

Rouslane s'étend sur la tendre mousse
devant l'âtre mourant ;
il cherche l'oubli dans le repos,
soupire, lentement se retourne.
C'est en vain ! Le guerrier dit enfin ;
« Le sommeil ne vient pas, mon père !
Que faire ! je suis malade d'âme,
et même le sommeil m'est odieux ; qu'il est pénible de vivre !
Laisse-moi me rafraîchir le cœur

par tes paroles sacrées.
Pardonne la question téméraire,
confie-toi : qui es-tu, bienfaiteur,
énigmatique confident du sort ?
qui t'a jeté dans le désert ? »

Avec un triste sourire, soupirant,
le vieillard répondit : « Cher fils,
j'ai déjà oublié le pays maussade de la patrie lointaine.
Je suis finlandais d'origine ;
dans les vallées à nous seuls connues,
conduisant les troupeaux d'alentour,
au temps de ma jeunesse insouciante, je connaissais
les seules sombres forêts,
les ruisseaux, les grottes de nos rochers
et les loisirs de la sauvage pauvreté.
Mais vivre dans cette heureuse tranquillité
ne me fut pas longtemps donné.

« Alors près de notre village,
pareille à la charmante fleur de la solitude,
vivait Naïne. Parmi ses compagnes
sa beauté était célèbre.
Un jour, de grand matin,
je conduisis mes troupeaux dans la sombre prairie,
tout en soufflant dans ma cornemuse ;
devant moi un torrent bruissait.
Seule, une jeune fille, une beauté,

sur le rivage tressait une couronne.
Mon mauvais sort m'entrainait...

« Guerrier ! c'était Naïne !
Je cours à elle — et la flamme fatale —
fut la récompense de mon regard insolent,
et mon âme connut l'amour
et ses délices divines,
et son angoisse torturante.

« La moitié de l'année s'était enfuie :
tout tremblant je m'ouvris à elle,
je lui dis : « Je t'aime, Naïne ! »
Mais Naïne écouta avec orgueil mes peines timides,
n'estimant que ses propres charmes,
et elle me répondit avec indifférence :
« Berger ! je ne t'aime pas. »

« Et tout me parut sauvage, maussade :
la hutte paternelle, l'ombre des forêts,
les jeux joyeux des pâtres.
Rien ne consolait mon angoisse ;
dans la détresse mon cœur se desséchait, se fanait ;
et enfin j'imaginai de quitter les champs finlandais,
de traverser avec une troupe de compagnons d'enfance
les abîmes perfides de la mer.
J'espérais par la gloire militaire mériter
l'orgueilleuse attention de Naïne,

j'engageai de hardis pêcheurs
à chercher des dangers et de l'or.
Pour la première fois le doux pays des pères
entendit le son guerrier de l'acier
et le bruit des vaisseaux ennemis.

« Je voguais au large, plein d'espérances,
avec une troupe d'intrépides compagnons ;
pendant dix ans nous empourprâmes de sang ennemi
les neiges et les vagues.
Le bruit de notre gloire se répandait : les czars étrangers
s'épouvantaient de mon insolence ;
leurs superbes armées
fuyaient les glaives du nord.
Nous combattions avec gaieté, avec fureur,
partageant les tributs et le butin,
donnant aux vaincus une place
à nos festins amicaux.
Mais mon cœur, plein de Naïne,
au bruit des batailles et des festins
languissait d'un chagrin secret,
cherchait le rivage finlandais.
Amis ! dis-je, il est temps de rentrer !
suspendons nos cottes de mailles victorieuses
au seuil de la hutte paternelle.
Je dis — et les rames s'agitèrent,
et laissant derrière nous l'épouvante,
au golfe de la patrie adorée

nous nous précipitâmes avec une fière joie.

« Les rêves d'antan se réalisèrent,
se réalisèrent les ardents désirs !
Instant de la douce entrevue,
pour moi tu brillas aussi !
Aux pieds de ma fière beauté
j'apportai mon sabre ensanglanté,
des coraux, de l'or et des perles ;
devant elle, ivre de passion,
au milieu de l'essaim muet
de ses envieuses compagnes,
j'étais là, captif obéissant ;
mais la vierge s'enfuit
disant d'un air indifférent :
« Héros, je ne t'aime pas ! »

« A quoi bon raconter, mon fils,
ce qu'on n'a pas la force de redire.
Hélas ! Et maintenant seul, seul,
l'âme endormie, au seuil de la tombe,
je me souviens du chagrin, et parfois,
lorsque renaît le souvenir du passé,
sur ma barbe blanche
roule une lourde larme.

« Mais écoute : dans ma patrie,
au milieu de pêcheurs solitaires,

une science étrange est célée.
Sous le toit du silence éternel,
dans les forêts, dans l'épaisseur lointaine des bois
demeurent des sorciers aux cheveux blancs ;
vers les questions de la haute science
toutes leurs pensées sont fixées ;
leur horrible voix perçoit tout,
le passé et l'avenir ;
à leur implacable volonté sont soumis
et la tombe et l'amour même.

« Et moi, chercheur avide de l'amour,
dans ma tristesse désespérée
j'imaginai de charmer Naïne,
et dans le cœur orgueilleux de la froide vierge
d'allumer l'amour par des sorcelleries.
Je me précipitai dans les bras de la liberté,
dans les ténèbres solitaires des bois,
et là, en apprentissage chez les sorciers,
j'ai passé de nombreuses années.
L'instant longuement désiré advint,
et par ma pensée lumineuse
je conçus l'horrible secret de la nature :
j'appris la force de l'exorcisme,
le couronnement de l'amour, le couronnement des désirs !
Maintenant, Naïne, tu es à moi !
La victoire est à nous, pensai-je.
Mais, en vérité, le vainqueur

était le sort, mon tenace persécuteur.

« Plein de rêves de la jeune espérance,
d'enthousiasme de l'ardent désir,
en hâte j'use des conjurations,
j'appelle les esprits : — et dans les ténèbres des bois
la flèche foudroyante passa,
le vent magique gémit,
sous mes pieds la terre trembla...
Et soudain devant moi est assise
une petite vieille, infirme, blanche,
aux yeux creux, étincelants,
bossue, à la tête tremblante, —
tableau de la vétusté navrante,
hélas! guerrier, c'était Naïne!..
Je me taisais, épouvanté,
mesurant des yeux l'horrible vision,
doutant, refusant de croire,
brusquement je me mis à pleurer, à crier :
Est-ce possible! hélas, Naïne, est-ce toi!
Naïne, où es ta beauté ?
Dis, les cieux t'ont-ils
si horriblement transfigurée ?
Dis, y a-t-il longtemps, qu'abandonnant le monde
je me séparai de mon âme et de mon adorée ?
Y a-t-il longtemps?. . « Juste quarante ans' »
Telle fut la réponse fatale de la vierge ;
« Aujourd'hui mes soixante-dix ans ont sonné.

Que faire ! » piaule-t-elle :
« Les années se sont enfuies en foule,
mon printemps et le tien sont passés,
tous les deux nous avons eu le temps de vieillir.
Mais, écoute, ami : ce n'est pas un malheur
de perdre la jeunesse.
Certes, maintenant, je suis blanche,
peut-être, un peu bossue,
je ne suis pas ce que j'étais autrefois ;
pas aussi vive, pas aussi charmante ;
en revanche, ajouta la bavarde »
« je te révélerai un secret : je suis sorcière ! »

« Et c'était la vérité.
Muet, immobile devant elle
je fus un parfait imbécile
avec toute ma sagesse.

« Mais voilà l'horreur : l'œuvre magique
se réalisa entièrement, par malheur :
ma blanche divinité
brûla pour moi d'une prompte passion.
De son horrible bouche tordue en un sourire,
de sa voix d'outre-tombe, le monstre
balbutie une déclaration d'amour.
Tu peux t'imaginer ma souffrance !
Je tremblais, baissant les yeux ;
à travers sa quinte elle continuait

son discours pénible, passionné :
« Oui, maintenant je sens mon cœur ;
je sens, fidèle ami.
qu'il est né pour la tendre passion,
mes sens se sont éveillés, je brûle,
je languis de désirs amoureux...
Viens dans mes bras...
O bien-aimé, viens, je meurs !... »

« Et pendant ce temps, Rouslane,
elle clignait de ses yeux langoureux,
et pendant ce temps à mes vêtements
elle s'accrochait de ses maigres mains ;
et pendant ce temps je me glaçais,
d'effroi, je fermai les yeux ;
et soudain la souffrance fut au-dessus de mes forces ;
avec un cri je me dégageai, je m'enfuis.
Elle me suivit : « Oh ! indigne,
tu as troublé mon âge tranquille,
les jours sereins de la naïve vierge !
Tu es parvenu à te faire aimer de Naïne,
et tu me méprises — voilà les hommes !
Tous ils respirent la trahison !
Hélas ' je dois m'accuser moi-même ;
il m'a séduite, le malheureux,
je me suis donnée à l'amour passionné ..
Traître ! monstre ! oh ! honte !
Mais tremble, voleur des vierges ! »

« Nous nous quittâmes. Dès lors
je vécus dans la solitude,
l'âme désenchantée ;
et le vieillard ici-bas a pour consolation
la nature, la sagesse et le repos.
Déjà la tombe m'appelle ;
mais la vieille n'a pas oublié
ses sentiments d'autrefois,
et de dépit elle transforme en colère
la flamme tardive de l'amour.
Son âme noire aimant le mal,
certes, la vieille sorcière
se prendra de haine pour toi ;
mais le malheur n'est pas éternel sur terre. »

Notre héros écoutait avec avidité
les récits du vieillard ; ses yeux clairs
ne furent pas fermés par le sommeil léger,
et il n'entendit pas, absorbé dans ses pensées,
le doux vol de la nuit.
Mais le jour brille lumineux...
Avec un soupir, le guerrier reconnaissant
embrasse le vieillard magicien,
l'âme pleine d'espérance...
Il s'en va, et donnant un coup d'éperon
à son cheval qui hennissait,
Rouslane se dressa sur sa selle, siffla :
« Mon père, ne m'abandonne pas ! »

Et il galopa dans la prairie déserte.
Le sage à la barbe blanche
cria de loin au jeune ami : « Heureux voyage !
Pardonne, aime ton épouse,
et souviens-toi des conseils du vieillard ! »

SECOND CHANT

Rivaux dans l'art de la guerre,
ignorez la trêve entre vous ;
à la sombre gloire apportez des tributs,
enivrez-vous de la haine !
Que le monde stupéfait devant vous
s'étonne des menaçantes victoires :
personne ne vous regrettera,
personne ne vous mettra des entraves.
Rivaux d'une autre espèce,
vous, chevaliers des monts parnassiens,
ne faites pas rire le monde
par le bruit indiscret de vos disputes,
querellez-vous, — mais avec prudence.
Quant à vous, rivaux en amour,
vivez bien ensemble, si possible,
croyez-moi, mes amis :

celui à qui par le sort absolu
le cœur d'une vierge est destiné,
celui-là sera aimé en dépit de l'univers ;
s'irriter est de la sottise et un péché.

Lorsque l'indomptable Rogdaï,
en proie à un sourd pressentiment,
après avoir quitté ses compagnons,
s'engagea dans un pays solitaire
et s'avança parmi les bois déserts,
absorbé par une profonde pensée,
l'esprit du mal tourmentait et troublait
son âme en peine,
et le sombre guerrier chuchotait :
« Je tuerai ! Je briserai tous les obstacles...
Rouslane !... tu me connaîtras...
C'est alors que la jeune fille pleurera... »
Et soudain, faisant tourner son cheval,
à toute bride il rebroussa chemin.

Pendant ce temps, le vaillant Farlaf
ayant tout le matin joui d'un doux sommeil,
abrité, à midi, des rayons du soleil
près d'un ruisseau, tout seul,
dînait dans une paisible tranquillité,
pour ranimer sa force d'âme.
Quand, tout-à-coup, il vit quelqu'un dans le champ
fuir à cheval comme un orage ;

Farlaf, abandonnant son diner,
sa lance, sa cotte de mailles, son casque, ses gants,
saute sur la selle et sans se retourner
s'envole — et l'autre suit ses traces.
« Arrête, déserteur, sans vergogne ! »
crie l'inconnu à Farlaf,
« misérable, laisse-toi prendre !
Laisse-toi arracher la tête ! »
Farlaf, reconnaissant la voix de Rogdaï,
rabougri de peur, tremblait,
attendant une mort certaine,
et faisait galoper plus vivement son cheval.
Pareil à un lièvre rapide
qui dresse craintivement ses oreilles,
et par les vallons, les champs, les forêts
bondit en fuyant un lévrier.
A l'endroit d'une déroute célèbre,
sur la neige fondue par le printemps,
des torrents troubles coulaient,
enfouissant le sein humide de la terre.
Vers le fossé accourut le cheval fougueux,
il agita sa queue et sa blanche crinière,
mordit le frein d'acier
et sauta à travers le fossé ;
mais le timide cavalier, les pieds en l'air
tomba lourdement dans la boue du fossé,
ne vit ni la terre, ni les cieux,
et déjà il s'apprêtait à recevoir la mort.

Rogdaï accourt vers le fossé,
le cruel poignard est déjà levé :
« Péris, poltron, meurs ! » clame-t-il. .
Soudain il reconnaît Farlaf ;
il le regarda et ses mains tombèrent ;
le dépit, l'étonnement, la colère
furent exprimés par ses traits ;
grinçant des dents, muet,
le héros, la tête baissée
aussitôt s'éloigna du fossé,
furieux... mais il ne put s'empêcher
de rire un peu de lui-même.

Alors il rencontra au pied de la montagne
une petite vieille à peine vivante,
bossue, entièrement blanche.
De sa béquille errante
elle lui indiqua le nord :
« Tu le trouveras là-bas, » dit-elle.
Rogdaï exultant de joie
vers la mort certaine s'envola.

Et notre Farlaf ? il resta dans le fossé,
n'osant pas souffler ; couché,
il pensait tout bas : suis-je en vie,
où est donc le rival méchant ?
Alors, il entend au-dessus de sa tête
la voix funèbre de la vieille :

« Lève-toi, beau gaillard, tout est calme aux champs,
tu ne rencontreras plus personne ;
je t'ai amené un cheval,
lève-toi, écoute-moi. »

Le guerrier, confus, malgré lui
dût quitter le fossé en rampant;
regardant timidement les alentours
il soupira et dit, en s'animant :
« Allons, grâce à Dieu, je suis bien portant ! »

« Crois-moi ! » continua la vieille,
« Ludmile est difficile à trouver,
elle s'est aventurée trop loin ;
ce n'est pas à nous de la prendre,
il est dangereux de parcourir le monde ;
tu n'en seras pas content toi-même,
vraiment, suis mon conseil,
retourne lentement en arrière.
Près de Kief, tranquillement,
dans ton patrimoine héréditaire
demeure plutôt sans te soucier,
Ludmile ne peut pas nous échapper. »

Ceci dit, elle disparut. Avec impatience
notre raisonnable héros
aussitôt s'en fut à la maison,
oubliant non seulement la gloire ;

mais aussi la jeune princesse ;
et le moindre bruit d'herbe,
le vol de la mésange, le murmure des eaux
bouleversaient son sang et le couvraient de sueur.

Cependant Rouslane fuit au loin,
au fond des bois, en pleins champs.
Sa pensée constante s'élance
vers Ludmile, sa joie,
il dit : « Trouverai-je l'amie ?
Où es-tu, épouse de mon âme ?
Verrai-je ton regard lumineux ?
Entendrai-je tes tendres paroles ?
Ou bien, est-il écrit que du sorcier
tu seras l'éternelle captive ;
et en triste fille vieillissant
te faneras-tu dans une sombre prison ?
Ou bien, le rival insolent
viendra-t-il ?... Non, non, ma chère âme,
j'ai encore sur moi mon fidèle poignard,
j'ai encore ma tête sur les épaules. »

Une fois, par un temps assombri,
notre guerrier passait sur des pierres
au bord escarpé d'une rivière ;
tout se taisait, soudain il entend
le subit bruissement de la flèche,
la sonnaillerie de l'armure, le hennissement

et le piétinement sourd dans les champs.
« Arrête ! » tonne une voix foudroyante.
Il se retourna : dans la rase prairie,
la lance levée, avec un sifflement,
arrive un guerrier furieux. – Comme un orage
le duc se précipita à sa rencontre.
« Ah ! je t'ai atteint ! attends ! »
crie le cavalier téméraire.
« Prépare-toi, ami, au combat mortel ;
d'abord succombe dans ces lieux,
et ensuite cherche ta fiancée. »
Rouslane s'empourpra, tressaillit de colère,
il a reconnu cette sauvage voix.

Mes amis, et notre vierge ?
Quittons les guerriers pour une heure,
bientôt je m'en souviendrai de nouveau.
Il y a longtemps que j'aurais dû
penser à la jeune princesse
et à son affreux Tchernomor.

De mon étrange rêverie,
parfois confident indiscret,
j'ai raconté comment, pendant la sombre nuit,
les beautés de la tendre Ludmile
disparurent brusquement dans le brouillard
devant Rouslane enflammé.
Malheureuse ! lorsque le scélérat,

de sa main puissante
t'arrachant du lit nuptial,
s'envola comme le vent vers les nues
à travers la lourde fumée, l'air sombre,
et, en hâte, se dirigea vers ses montagnes,
tu perdis les sens et la mémoire !
Et dans l'effroyable château du sorcier,
muette, tremblante, pâle,
en un instant tu fus transportée.

C'est ainsi que du seuil de ma cabane
j'ai vu, aux jours d'été,
l'orgueilleux sultan du poulailler,
le coq, poursuivre dans la cour
une poule poltronne,
et de ses ailes voluptueuses
embrasser déjà son amie,
alors qu'au-dessus d'eux, avec des détours rusés,
le vieux ravisseur des poussins,
usant de moyens périlleux,
le gris vautour plane,
et tombe comme la foudre dans la cour.
Il s'élève, s'envole. De ses griffes horribles
dans les ténèbres des crevasses sûres,
le bandit emporta l'infortunée.
Frappé par la froide peur
et son chagrin, en vain,
le coq appelle sa maitresse...

Il voit seulement du duvet volant
apporté par un vent de passage.

Jusqu'au matin la jeune princesse
demeura dans un évanouissement pénible,
comme possédée par un horrible cauchemar ;
enfin elle se réveilla
pleine d'une émotion ardente
et d'une vague terreur ;
son âme vole vers le bonheur,
elle cherche quelqu'un avec enivrement !
« Où est-il, murmure-t-elle, où est l'époux ? »
elle appelle, et soudain elle devient d'une pâleur mortelle.
Elle regarde autour d'elle avec épouvante,
Ludmile, où est ta chambrette ?
La malheureuse jeune fille est couchée
au milieu d'oreillers de duvet,
sous le fier abri du baldaquin ;
les rideaux, l'édredon luxueux
ont des franges, des dessins précieux ;
partout des étoffes de brocart :
les saphyrs et les rubis jouent comme la flamme ;
autour d'eux les cassolettes d'or
épandent la vapeur des aromates.
Il suffit... Heureusement je ne dois pas
décrire la maison féerique :
déjà, depuis longtemps Scheherazade
me devança dans cette matière.

4

Mais le château merveilleux n'est pas une joie,
lorsque nous n'y voyons point l'ami.

Trois vierges d'une beauté merveilleuse,
vêtues d'étoffes légères et charmantes,
devant la princesse apparurent, s'approchèrent
et saluèrent jusqu'à terre.
Alors de ses pas imperceptibles
une d'elle arriva plus près,
de ses doigts aériens elle tressa
à la princesse sa natte d'or,
avec un art fréquent de nos jours,
et orna d'une couronne de perles
la courbe du front pâle.
Puis, une autre s'approcha
derrière elle, l'œil baissé modestement,
Le *sarafane* (1) superbe, azuré
vêtit le corps gracieux de Ludmile ;
les boucles d'or et la poitrine
et les jeunes épaules se couvrirent
d'un voile transparent comme la nuée.
Le vêtement jaloux caresse
des beautés dignes des cieux,
et la chaussure légère serre
des petits pieds, une merveille !

---

(1) Vêtement de femme.

La troisième jeune fille présente
à la princesse une ceinture de perles,
pendant ce temps une chanteuse invisible
lui chante de gaies chansons.
Hélas ! ni les pierres du collier,
ni le sarafane, ni la rangée de perles,
ni la flatterie, ni la gaieté de la chanson
n'égaient son âme.
En vain la glace dessine
sa beauté, sa toilette,
l'œil immobile,
elle se tait, elle se chagrine.

Ceux qui, aimant la vérité,
ont sondé le fond obscur du cœur,
certes, savent tout bas
que si une femme dans la tristesse,
à travers les larmes, par mégarde, à la dérobée,
en dépit de la raison et de l'habitude,
oublie de se regarder au miroir,
c'est que sa tristesse n'est pas une plaisanterie.

De nouveau Ludmile est seule, seule,
ne sachant qu'entreprendre, elle
s'approche de la fenêtre grillée,
et son regard erre tristement
dans l'espace du lointain nuageux.
Tout est mort. Les plaines neigeuses

s'étendent en nappes lumineuses ;
les sommets des montagnes maussades
se dressent dans l'uniforme blancheur
et sommeillent dans l'éternel repos ;
pas un toit fumant à l'horizon,
pas un piéton couvert de neige,
et le cor sonore de la chasse joyeuse
ne résonne point dans les montagnes désertes ;
seule, parfois, avec un sifflement mélancolique
s'agite la tourmente dans le champ clair
et aux bords des cieux blancs,
se balance une forêt dénudée.

Dans les larmes du désespoir, Ludmile
de frayeur se cache le visage.
Hélas ! qu'est-ce qui l'attend maintenant ?
Elle court à une porte d'argent
qui s'ouvre avec musique,
et notre vierge se trouve
dans un jardin. Enclos captivant :
plus beau que le jardin d'Armide
et que ceux que posséda
le roi Salomon, ou le duc de la Tauride.
Devant elle ondoient, bruissent
de superbes gazons ;
des allées de palmiers et une forêt de lauriers,
une rangée de myrtes parfumés
et les fiers sommets des cèdres,

et les orangers dorés
sont reflétés par la surface des eaux ;
des collines, des prairies et des vallées
par le feu du printemps sont animées ;
avec fraîcheur serpente le vent de mai
au milieu de champs charmés,
et le rossignol chinois siffle
dans les ténèbres des branches frissonnantes ;
les fontaines de diamant volent
avec un bruit joyeux vers les nues ;
au-dessous les statues brillent
et semblent vivantes ; Phidias lui-même,
nourrisson de Thèbes et de Pallas,
en les admirant, enfin,
de dépit aurait jeté
son magique ébauchoir.
Les torrents se brisant contre le marbre
tombent avec fracas, jaillissent
en arcs de perles, de flammes,
et les ruisseaux serpentent
d'une vague somnolente, à l'ombre des forêts,
abri du repos et de la fraîcheur...
A travers la verdure éternelle çà et là
pointent des pavillons clairs ;
partout des branches vivantes de roses
fleurissent et respirent dans les sentiers.
Mais l'inconsolable Ludmile
marche, marche sans regarder :

le luxe de la magie lui est odieux,
triste lui paraît l'aspect serein de la volupté ;
ne sachant pas où elle erre,
elle fait le tour du jardin magique,
donnant la liberté à ses larmes amères,
et elle lève des regards sombres
vers les cieux impitoyables.
Soudain son beau regard s'illumine,
de ses lèvres elle presse une bague ;
il semble qu'un projet effroyable
surgit... Devant elle, s'ouvrait un chemin redoutable :
un pont élevé au-dessus d'un torrent
est suspendu entre deux rochers ;
dans une tristesse profonde
elle s'approche — et à travers ses larmes
regarde les eaux bruyantes ;
sanglotant, elle se frappe la poitrine,
et décide de périr dans les ondes —
Cependant elle ne sauta pas dans les eaux
et continua son chemin.

Ma belle Ludmile,
en courant dès le matin au soleil,
lasse, sécha ses larmes,
pensa dans son âme : il est temps !
Elle s'assit sur le gazon, se retourna
et, aussitôt, au-dessus d'elle l'ombre d'une tente
avec bruit déploya sa fraîcheur,

devant elle fut un diner somptueux,
un couvert d'un cristal clair,
et dans le silence, derrière les branches
une harpe invisible se mit à jouer.
La princesse captive s'étonne
et pense en secret :
« loin du bien-aimé, en captivité,
à quoi bon vivre encore.
O ! toi, dont la passion périlleuse
me tourmente et me chérit,
la puissance du scélérat ne m'est pas redoutable ;
Ludmile sait mourir ! —
Je ne veux pas de tes tentes,
ni de tes chansons, ni de tes festins,
je ne mangerai pas, je n'écouterai pas,
je mourrai au milieu de tes jardins ! »
Elle réfléchit — et se mit à manger.

La princesse se leva, et, à l'instant,
le couvert d'un luxe somptueux,
et les sons de la harpe... tout disparut ;
comme avant, tout devint calme.
Ludmile, de nouveau seule dans les jardins,
erre de prairie en prairie ;
cependant, dans les cieux azurés,
plane la lune, reine de la nuit,
de partout les ténèbres arrivent
et doucement s'étalent sur les collines ;

la princesse est entraînée par le sommeil,
et alors, une force inconnue,
plus tendre que le vent printanier,
la soulève dans l'air,
l'emporte vers le château
et, prudemment, la laisse tomber,
à travers l'encens des roses du soir,
sur le lit de tristesse, sur le lit des larmes.
Trois vierges, de nouveau, apparurent,
autour d'elle s'agitèrent,
et pour la nuit enlevèrent sa toilette somptueuse ;
leur regard triste, éteint,
et le silence forcé
éveillaient en secret la pitié
et l'impuissant reproche à la fortune
Mais hâtons-nous : par des mains tendres,
la princesse somnolente est dévêtue,
charmante d'un charme négligé ;
dans sa chemise blanche comme la neige
elle se couche pour se reposer.
Avec un soupir, les vierges saluèrent,
à la hâte s'éloignèrent,
et discrètement fermèrent la porte.
Que devient notre captive maintenant ?
Elle tremble comme une feuille, n'ose pas respirer,
ses seins se glacent, son regard s'obscurcit,
le sommeil passager abandonne ses yeux ;
elle ne dort pas, redouble d'attention,

immobile, fixe l'obscurité...
Tout est lugubre, silence de mort;
elle n'entend que le battement de son cœur...
Il lui semble que le silence chuchote :
on marche, on marche vers son lit,
dans les oreillers se cache la princesse,
et soudain... oh ! frayeur... en effet
on entendit un bruit ; l'obscurité de la nuit
s'illumine d'un éclair subit,
subitement la porte est ouverte ..
Sans mot dire, fièrement s'avancent,
scintillant de leurs sabres nus,
deux à deux, avec décence,
des Arabes en longue rangée,
et sur des oreillers avec prudence
ils portent une barbe blanche ;
et derrière elle entre
levant le cou avec majesté
un nain bossu :
à sa tête rasée,
couverte d'un bonnet élevé,
appartenait la barbe.
Déjà il s'est approché ; alors
la princesse sauta du lit,
d'une main prompte elle saisit
le vieux nain par le bonnet,
elle leva son poing tremblant
et se mit à piailler tellement

que tous les Arabes furent assourdis.
Le malheureux se tordit tremblant,
plus pâle que la princesse effrayée ;
se bouchant les oreilles aussitôt
il-voulut fuir, mais dans la barbe
il s'embarrassa, tomba et se débattit ;
il se releva, il retomba ; dans ce malheur
l'essaim noir des Arabes s'agite :
on fait du bruit, on se bouscule, on court,
on saisit le sorcier,
on l'enlève pour le libérer
laissant à Ludmile son casque.

Mais que devient notre brave guerrier ?
Vous rappelez-vous la rencontre inattendue ?
Prends ton vif crayon,
dessine, Orlovski, la nuit et le combat !
A la lueur de la lune tremblante
les guerriers se mesurèrent cruellement :
leurs cœurs sont remplis de colère ;
déjà les lances sont jetées au loin,
déjà les poignards sont brisés,
les cottes de mailles, couvertes de sang,
les boucliers craquent, mis en pièces ..
Ils se prennent à bras-le-corps à cheval ;
faisant sauter au ciel les cendres noires
leurs coursiers fougueux luttent ;
les combattants, immobiles, enlacés,

se serrent, demeurent
comme cloués sur leurs selles :
leurs membres joints par la colère,
s'étreignent et s'engourdissent ;
dans les veines court une flamme vive ;
sur la poitrine ennemie la poitrine tremble.
Les voilà qui chancellent, qui faiblissent —
Qui va succomber ?... tout-à-coup mon guerrier
tressaillant, de sa main de fer,
arrache le cavalier de sa selle,
le soulève, le tient devant lui
et du bord le jette dans les ondes.
« Péris, s'écrie-t-il d'un air menaçant,
meurs, méchant, envieux ! »

Tu as deviné, mon lecteur,
avec qui s'est battu le valeureux Rouslane :
c'était avec l'amant des batailles sanglantes,
Rogdaï, l'espoir de Kief,
le maussade adorateur de Ludmile.
Il avait cherché le long du Dniepre
les traces de son rival ;
il le trouva, l'assaillit — mais la force d'autrefois
trahit le nourrisson des batailles,
et l'antique héros de la Russie
trouva sa fin dans le désert.
Et l'on raconte que la jeune roussalka
de ces eaux accueillit Rogdaï

sur ses seins glacés
et, le caressant, avec avidité
l'entraîna au fond dans un rire.
Et longtemps après, par les sombres nuits,
le fantôme immense du héros,
errant sur les bords tranquilles.
effrayait les pêcheurs solitaires.

TROISIÈME CHANT

En vain dans l'ombre vous vous dissimuliez
réservés pour les paisibles, les heureux amis,
mes vers ! vous n'avez pas échappé
aux yeux méchants de l'envie.
Déjà pour lui rendre service, le pauvre critique,
me posa la question fatale :
pourquoi j'appelle l'amie de Rouslane,
comme par risée pour son époux,
vierge et princesse ?
Tu y vois, mon bon lecteur,
le noir cachet de la méchanceté !
Dis, importun, dis, traître,
comment et que dois-je répondre ?
Rougis, malheureux, Dieu te garde !
Rougis, je ne veux pas discuter ;
satisfait d'avoir raison dans l'âme,
je me tais dans une humble douceur.

Mais tu me comprendras, Climène,
tu baisseras tes yeux langoureux,
toi, victime de l'ennuyeux hymen...
Je vois : une larme secrète
tombera sur mon vers, compris par le cœur ;
tu as rougi, ton œil s'est assombri,
tu as soupiré en silence... un soupir compréhensible !
Jaloux, crains — l'heure est proche !
l'Amour et le Dépit capricieux
conclurent un complot hardi,
et pour la tête sans gloire
déjà s'apprête la coiffure de vengeance.

Déjà la froide matinée luisait
au sommet des montagnes,
mais au château tout se taisait.
Tchernomor, avec un dépit caché,
sans casque, en robe de chambre
bâillait sur son lit, l'air courroucé ;
autour de sa barbe blanche
des esclaves s'entassaient silencieux,
et tendrement un peigne en os
en coiffait les replis.
Cependant, pour l'utilité et la parure,
sur les moustaches infinies
coulaient des aromates d'Orient,
et des cheveux rusés frisaient ;
lorsque subitement, on ne sait d'où,

par la fenêtre entre un serpent ailé :
faisant résonner son écaille de fer
il se plia en anneaux
et devant la foule étonnée
soudain se transforma en Naïne.
« Salut, » dit-elle;
« compagnon longtemps respecté par moi !
Jusqu'à ce jour je connaissais Tchernomor
par sa grande renommée ;
mais le sort secret nous réunit
dans une haine commune :
un danger te menace,
un nuage est au-dessus de ta tête,
et la voix de l'honneur outragé
m'invite à la vengeance. »

Avec un regard de malicieuse flatterie
le nain lui tend la main
disant : « Divine Naïne !
ton pacte m'est précieux.
Nous couvrirons d'opprobre les ruses du Finlandais,
car les pièges ténébreux ne me font pas peur.
Aucun adversaire ne m'est redoutable,
apprends mon sort merveilleux :
de cette barbe salutaire
Tchernomor n'est pas paré en vain.
Tant que ses blancs cheveux
ne seront pas coupés par le poignard fatal

nul d'entre les guerriers intrépides,
nul d'entre les mortels n'entravera
mes moindres projets;
Ludmile sera à moi pour l'éternité,
Rouslane est voué à la tombe! »
Et la sorcière d'un air maussade répéta :
« Il périra, il périra! »
Puis trois fois elle siffla,
trois fois elle frappa du pied
et redevenue serpent s'envola.

Brillant dans sa chambre de brocart,
le sorcier par la sorcière encouragé,
s'égayant, se décida de nouveau
à porter aux pieds de la vierge captive
les moustaches, la soumission et l'amour.
Le nain barbu paré
va dans les appartements de la belle;
il traverse une longue rangée de pièces :
la princesse n'y est pas. Il va plus loin
au jardin, au bois de lauriers, à la grille du jardin,
le long du lac, autour du torrent,
sous les ponts, dans les pavillons... point!
La princesse est partie, sa trace est perdue!
Qui peut exprimer sa confusion
son rugissement et son transport de rage!
De dépit il ne vit plus le jour,
on entendit son sauvage gémissement :

« Holà ! esclaves, accourez !
Holà ! je compte sur vous !
A l'instant trouvez-moi Ludmile !
Plus vite, entendez-vous, à l'instant,
sans cela, vous vous moquez de moi,
tous je vous écraserai avec ma barbe ! »

Lecteur, te dirai-je
où notre belle est passée ?
Seule la nuit dans les larmes
elle s'étonnait de son sort et riait.
La barbe lui faisait peur,
mais le Tchernomor lui était déjà connu
et même il lui semblait drôle, et jamais
le rire n'est compatible avec la terreur :
Ludmile se leva
à la rencontre des rayons du matin
et son regard involontaire se dirigea
vers les hautes, les superbes glaces :
inconsciemment elle souleva ses boucles d'or
de ses épaules de lis ;
inconsciemment elle tressa
d'une main nonchalante
ses cheveux épais.
Par hasard dans un coin
elle trouva ses parures d'hier ;
avec un soupir elle se vêtit et, de dépit,
doucement se mit à pleurer ;

cependant du cristal fidèle,
en soupirant, elle ne détourna pas le regard,
et à la vierge l'idée vint,
dans l'émotion, de capricieux désirs
d'essayer le casque du Tchernomor.
Tout est tranquille, personne n'est là,
personne ne la verra...
A une vierge de dix-sept ans
quel chapeau ne siéra ?
Pour se parer, on n'est jamais paresseuse !
Ludmile s'amusa avec le casque, le mit
sur les sourcils, en avant, sur le côté,
puis elle se coiffa à l'envers;
ô ! prodige ! ô ! merveille des temps passés !
Ludmile ne se vit plus dans la glace ;
elle retourna le casque — devant elle
Ludmile de nouveau apparut ;
elle le mit à l'envers — de nouveau elle n'est plus ;
elle l'ôta — la voilà dans le miroir ! « Parfait !
Quelle chance, sorcier, quelle chance, ma lumière !
Désormais je ne suis plus en danger,
désormais s'en iront les soucis. »
Et du casque du vieux scélérat,
la princesse rouge de joie
se coiffa à l'envers.

Mais revenons à notre héros,
N'avons-nous pas honte de nous occuper

si longtemps du casque, de la barbe,
laissant Rouslane à ses destins.
Après le combat cruel avec Rogdaï,
il traversa une sombre forêt ;
devant lui se découvrit une large vallée
à la lueur des cieux matinaux.
Le guerrier frissonne involontairement,
il voit le champ d'une ancienne bataille.
Tout est désert au loin ; çà et là,
jaunissent les os ; sur les collines
sont dispersés les carquois, les cuirasses ;
ici le harnais, là le bouclier rouillé,
tantôt dans la main décharnée est resté le poignard,
l'herbe pousse sur le casque chevelu,
le vieux crâne s'y décompose ;
le squelette entier du héros
avec son cheval blessé
gisent immobiles ; des lances, des flèches
dans la terre humide sont piquées,
et le lierre pacifique les enveloppe...
Rien ne trouble
le silence du désert muet,
et le soleil de la hauteur sereine
éclaire la vallée de la mort.

Avec un soupir, le guerrier tout autour de lui
promène des yeux tristes.
« Oh ! champ, champ, qui t'a semé d'os morts ?

Quel cheval fougueux t'a foulé
à la dernière heure de la bataille sanglante ?
Qui sur toi a succombé avec gloire ?
De qui le ciel a-t-il entendu les prières ?
Pourquoi, champ, gardes-tu le silence ?
Pourquoi es-tu couvert de l'herbe de l'oubli ?...
De l'éternelle obscurité des temps,
peut-être, ne trouverai-je pas non plus de salut !
Peut-être sur la colline muette
placera-t-on le modeste cercueil de Rouslane,
et les cordes sonores du Baiane
ne parleront plus de lui ! »

Mais bientôt le héros se rappela
qu'un bon poignard est nécessaire au héros
et même une cuirasse ; et le
héros par le dernier combat a été désarmé.
Il fait le tour du champ ;
dans les broussailles, au milieu des os oubliés,
de nombreuses cottes de mailles,
de poignards et de casques démontés,
il cherche une armure.
Le brouhaha et le steppe muet s'éveillèrent,
dans le champ s'élevèrent le fracas et la sonnerie ;
il ramassa le bouclier, sans choisir,
il trouva le casque, et le cor sonore,
seulement, il ne trouva pas le poignard.
Parcourant la vallée de discorde,

il voit quantité de poignards.
Mais tous sont légers et trop petits,
car le guerrier était un bel homme point engourdi, —
nullement comme les guerriers de nos jours.
Pour distraire son ennui,
il prit en main une lance d'acier,
il revêtit d'une côte de mailles sa poitrine
et se mit en route.

Déjà a pâli le couchant empourpré
au-dessus de la terre endormie ;
les brouillards bleus se répandent en fumée
et la lune d'or se lève ;
le steppe est assombri. Dans l'obscur sentier,
pensif, s'avance notre Rouslane,
et il voit : à travers le nocturne brouillard
au loin noircit une colline énorme,
et quelque chose d'effroyable ronfle.
Il est près de la colline,
encore plus près – il écoute :
la colline merveilleuse a l'air de respirer.
Rouslane dresse l'oreille et regarde
sans peur, l'esprit tranquille ;
mais, agitant son oreille poltronne,
le cheval n'avance pas, frémit,
secoue sa tête têtue,
et sa crinière s'est dressée.
Soudain la colline, par la lune sans nuages

éclairée dans le brouillard, pâlit,
blanchit. Le courageux prince regarde
et voit devant lui un miracle.
Trouverai-je des couleurs et des paroles ?
Une tête vivante est devant lui.
Les yeux énormes par le sommeil sont clos,
elle ronfle, en balançant son casque empanaché,
et les plumes, dans la sombre altitude,
comme des ombres marchent en flottant.
Dans son horrible beauté,
de silence entourée,
dominant le steppe maussade,
du désert sentinelle anonyme,
elle se dressa devant Rouslane
comme une masse menaçante et vague.
En sa perplexité, il veut
rompre le sommeil mystérieux.
Examinant de tout près le prodige
il fit le tour de la tête
et s'arrêtant devant son nez, sans mot dire,
il lui chatouille les narines avec la lance ;
grimaçant, la tête bâilla,
ouvrit les yeux et éternua...
Le vent se leva, le steppe trembla,
la poussière tourbillonna ; des cils, des moustaches,
des sourcils s'envola une volée de hiboux ;
les prairies silencieuses s'éveillèrent,
l'écho éternua — le cheval fougueux,

par suite, sauta, fit un bond en arrière,
le guerrier faillit tomber ;
et une voix tonnante résonna :
« Où vas-tu, guerrier insensé ?
rebrousse chemin ; je ne plaisante pas !
En un coup j'avalerai l'insolent ! »
Rouslane avec mépris se retourna,
par le frein il retint son cheval,
et d'un air fier il sourit.
« Que me veux-tu ? »
Fronçant le sourcil la tête s'écria :
« Quel hôte le sort m'envoya ?
Ecoute, va-t'en !
J'ai sommeil, il fait nuit.
adieu ! » Mais le guerrier fameux,
en entendant ces grossières paroles,
s'exclama avec une gravité courroucée :
« Tais-toi, tête vide !
Souvent j'ai entendu la vérité :
dans une grosse tête le cerveau est petit !
Je vais, je vais sans siffler,
mais quand je donne de l'avant, je ne cède pas ! »

Alors, de fureur perdant la parole,
par une sourde colère enflammée,
la tête s'enfla, comme le feu
les yeux sanglants scintillèrent ;
de la bouche, des oreilles s'éleva une vapeur ;

et soudain, de toutes ses forces,
à la rencontre du duc elle se mit à souffler...
En vain le cheval, clignant des yeux,
baissant la tête, tendant la poitrine,
à travers la tourmente, la pluie et les ténèbres,
continue le chemin périlleux ;
saisi par la peur, aveuglé,
il galope encore plus fatigué,
espérant se reposer au loin, dans le champ.
De nouveau le guerrier affronte le combat,
de nouveau il est battu, point d'espoir !
Et la tête, comme une folle
rit aux éclats,
tonne : « Voyons, guerrier, voyons, héros !
Où vas-tu ? Plus doucement, plus doucement, arrête.
Ecoute, héros, tu te casseras le cou en vain ;
n'aie pas peur, cavalier, fais-moi plaisir,
donne-moi un seul coup
avant que ton cheval soit crevé. »
Et, cependant, elle taquinait le héros
avec sa langue effroyable.
Rouslane, dissimulant le dépit de son cœur,
silencieux, la menace de sa lance,
brandit l'arme de sa main
et, vibrant, l'acier froid
perce la langue insolente.
Et le sang de la gueule enragée
à l'instant jaillit comme un fleuve,

De surprise, de douleur, de colère,
perdant son insolence,
la tête regardait le duc,
rongeait le fer et pâlissait. —
Tel au milieu de la scène,
dans l'esprit tranquille s'animant
parfois le mauvais nourrisson de Melpomène,
assourdi par un subit sifflement,
ne voit plus rien devant lui,
pâlit, oublie son rôle,
tremble en baissant la tête,
et devant la foule railleuse
en bégayant se tait.
Profitant de l'heureux instant.
vers la tête ahurie
comme un vautour vole le héros
la main haute, menaçante
et, à la joue, le gant de fer lourd
d'un élan frappe la tête →
et le steppe retentit de ce coup.
Aux alentours l'herbe couverte de rosée
s'enflamma d'écume sanglante,
et, branlante la tête
se retourna, roula,
et le casque de fer tomba avec fracas.
Alors à la place vide
le poignard guerrier brilla.
Notre héros dans une émotion joyeuse

le saisit, et vers la tête,
sur l'herbe ensanglantée
il court avec un cruel désir
de lui couper le nez et les oreilles ;
déjà Rouslane est prêt à frapper,
déjà il lève le large poignard.
lorsqu'étonné il entend
le plaintif gémissement de la tête...
Et doucement il laisse tomber le poignard :
la colère sauvage meurt en lui,
et la vengeance orageuse disparaît
de son âme, calmée par la prière ;
ainsi dans la vallée fond la glace
frappée par le rayon de midi.

« Tu m'as rendu à la raison, héros ! »
dit la tête avec un soupir,
« ta main a prouvé
que je suis coupable devant toi.
Désormais, je te suis soumis ;
mais, guerrier, sois généreux !
mon sort est digne de pitié :
moi aussi j'étais un brave guerrier ;
dans les batailles sanglantes parmi l'ennemi,
je ne me connaissais pas d'égal !
Heureux, si je n'avais pas eu
pour rival mon frère cadet !
Cruel, méchant Tchernomor,

toi, tu es cause de tous mes malheurs !
Le déshonneur de notre famille,
c'est ce nain muni d'une barbe.
Ma taille était remarquable dès mes jeunes années.
Il ne put la voir sans dépit.
Et pour cela, au fond de son âme,
il se mit à me haïr cruellement.
Toujours j'ai été un peu simple
bien que grand ; et ce malheureux,
ayant la taille la plus bête,
est intelligent comme le diable et méchant **effroyablement**.
Puis, sache ceci : pour mon malheur,
dans sa barbe merveilleuse
est cachée une force fatale,
et méprisant tout au monde
tant que sa barbe est sauve,
le traître ne craint pas le mal.
Un jour, d'un air d'amitié
il me dit sournoisement : — « Ecoute,
ne me refuse pas un service important :
dans les livres de magie j'ai trouvé
que derrière les montagnes du couchant,
aux paisibles bords de la mer,
dans un souterrain profond, sans clefs,
un poignard est caché — et crois-tu ? horreur !
j'ai déchiffré dans les ténèbres magiques
que par la volonté du sort ennemi
ce poignard nous sera connu

et nous perdra tous les deux.
Il me coupera la barbe,
et à toi la tête ; songe, toi-même,
combien nous est importante l'acquisition
de cette création des méchants esprits ! »
— « Eh bien ? Où est l'obstacle ? »
dis-je au nain, « je suis prêt ;
j'irai même au bout du monde. » —
« Et je jetai sur une épaule un sapin,
et sur l'autre, comme conseil,
je fis asseoir le scélérat, — mon frère.
Et je me suis mis en route,
je cheminais, je cheminais, et grâce à Dieu,
comme pour dépiter les prophéties du sort,
tout d'abord le voyage fut heureux.
Derrière les montagnes lointaines
nous trouvâmes le souterrain fatal ;
je le déblayai avec ma main
et je m'emparai du mystérieux poignard.
Mais non ! le destin le voulait :
entre nous une querelle surgit,
et il y avait, je l'avoue, un motif :
la question à qui serait le poignard !
Je discutais, le nain s'échauffait,
nous nous disputâmes longtemps ; enfin,
le malicieux inventa une ruse.
Il se tut et simula la douceur.

— « Laissons cette discussion inutile, »
me dit avec gravité Tchernomor,
« elle nuirait à notre gloire ;
la raison commande de vivre en paix ;
que le sort décide
à qui doit appartenir le poignard.
Tous les deux nous tendons nos oreilles vers la terre, »
(la méchanceté, que n'invente-t-elle !)
« et celui qui entendra le premier son
possédera le poignard jusqu'à la mort. » —
« Il dit — et se coucha par terre.
Moi, par bêtise, aussi je m'étendis ;
je n'entends rien.
Je me dis : je vais le tromper !
mais moi-même je fus cruellement trompé.
Le scélérat, dans le silence profond
se leva, sur les pointes des pieds
se glissa derrière moi, frappa,
comme le tourbillon le poignard aigu siffla...
Et avant que j'eusse le temps de me retourner,
ma tête fut tranchée.
Et une force surhumaine
arrêta le souffle de la vie.
Sur mon squelette poussent des épines ;
au loin, dans un pays, oubliées des hommes
mes cendres pourrissent sans sépulture ;
et le méchant nain me transporta
dans ce lieu solitaire

où éternellement je devais garder
le poignard que tu as emporté.
O guerrier, le sort te favorise,
garde-le, et que Dieu te protège !
Peut-être sur ta route
rencontreras-tu le nain-sorcier.
Oh ! si tu l'aperçois,
punis la cruauté, la méchanceté !
et enfin, je serai heureux,
je quitterai tranquillement ce monde,
et dans ma reconnaissance
j'oublierai ton soufflet. »

QUATRIÈME CHANT

Tous les jours. à mon réveil,
de tout cœur je remercie Dieu
d'avoir en nos temps
diminué le nombre des sorciers.
D'ailleurs - honneur et gloire à eux ! —
les mariages sont sans danger...
Leurs projets ne sont plus si terribles
aux maris, aux jeunes filles.
Mais il y a d'autres sorciers que je hais :
le sourire, les yeux bleus
et la douce voix, mes chers amis,
ne vous y fiez pas, — ils sont trompeurs !
Craignez, à mon exemple,
leur poison enivrant,
et reposez-vous en paix.

De la poésie génie merveilleux,
chanteur des fantômes mystérieux
de l'amour, des rêves et des démons,
habitant fidèle des tombes et du paradis,
et de ma muse volage
confident, nourrisson et gardien !
pardonne, Orphée du nord.
si dans ma nouvelle joyeuse
maintenant sur tes traces je vole
et si j'accuse la lyre d'une muse capricieuse
d'un mensonge charmant.

Mes chers amis, vous l'avez ouï :
dans les temps antiques un scélérat.
de tristesse, au démon se donna d'abord lui-même,
ensuite il livra les âmes de ses filles ;
puis par l'aumône généreuse,
la prière, la foi et le jeûne,
par le repentir sincère
il mérita la protection d'un saint ;
il mourut et ses douze filles s'endormirent. —
Nous subîmes le charme, la terreur
des tableaux de ces mystérieuses nuits,
de ces miraculeuses visions,
de ce sombre démon, de cette colère divine,
des tortures vivantes du pécheur
et du charme des vierges immaculées.
Avec elles nous pleurions, nous errions

autour des murs pointus du château,
et le cœur touché nous aimions
leur doux sommeil, leur douce captivité ;
Vadime (1) du fond de l'âme nous appelions
et leur réveil imaginions,
et souvent des religieuses saintes
à la tombe du père accompagnions...
Eh quoi, est-ce possible ?... on nous a menti !
Mais la vérité, l'annoncerai-je ?...

Le jeune Ratmire, dirigeant vers le sud
la course impatiente de son cheval,
déjà pensait, avant le déclin du jour,
atteindre l'épouse de Rouslane ;
mais le jour empourpré baissait,
notre guerrier fixait en vain
les brouillards lointains :
au-dessus de la rivière, tout était désert ;
le dernier rayon du soleil brillait
sur la forêt splendidement dorée.
Notre héros devant les rochers noirs
doucement passait et du regard
cherchait un abri de nuit parmi les arbres :
il arrive à une vallée
et il voit : un château sur les rochers

_____

(1) Chef de l'insurrection contre Rurik, premier grand duc de
Russie ; personnage légendaire.

dresse ses murs pointus,
aux coins noircissent les tours,
et sur la haute muraille une vierge,
comme dans la mer un cygne solitaire,
s'avance par le couchant illuminée,
Et dans le silence profond de la vallée
le chant de la vierge est à peine entendu.

« Les ténèbres nocturnes s'étendent dans les champs,
des vagues s'élève un vent froid.
Déjà il est tard, jeune voyageur ! —
Viens t'abriter au château bienfaiteur.

« Ici, la volupté et le repos dans la nuit,
et, le jour, des festins joyeux le bruit.
A l'appel amical, viens !
O, jeune voyageur, viens !

« Chez nous tu trouveras un essaim de beautés,
leurs tendres discours, leurs baisers enchantés.
Au secret appel, viens !
O, jeune voyageur, viens !

« Nous te remplirons, à l'aube du matin,
à l'heure du départ, une coupe de vin.
Au paisible appel, viens !
O, jeune voyageur, viens !

« Les ténèbres nocturnes s'étendent dans les champs,
des vagues s'élève un vent froid.
Déjà il est tard, jeune voyageur ! —
Viens t'abriter au château bienfaiteur ! »

Elle l'attire, elle chante —
et le jeune khan déjà est sous la muraille.
A sa rencontre apparaissent au seuil
de belles jeunes filles en foule...
Le murmure des tendres paroles
l'entoure, leurs yeux séducteurs
ne le quittent pas un instant ;
deux vierges emmènent son cheval.
Au palais entre le jeune khan,
derrière lui, l'essaim des charmantes ermites.
L'une d'elle enlève le casque ailé,
l'autre la cuirasse forgée,
l'une le poignard, l'autre le bouclier poussiéreux. —
Le vêtement de volupté va remplacer
l'équipement de fer belliqueux.
Mais d'abord on conduit le jeune homme
au somptueux bain russe
Déjà s'écoulent les vagues fumantes
dans des vases d'argent ;
et les froides fontaines jaillissent ;
le tapis luxueux est étendu,
le khan fatigué s'y couche,
une vapeur transparente autour de lui tourbillonne..

Baissant leur regard plein de volupté,
charmantes, demi-nues,
avec un souci tendre et muet,
autour du khan les jeunes vierges
s'entassent en foule joyeuse.
Au-dessus du chevalier une d'elles agite
les branches de jeunes bouleaux ;
ils répandent une chaleur parfumée ;
l'autre, avec le suc des roses printanières,
délasse ses membres fatigués
et plonge dans les aromates
les boucles sombres de ses cheveux.
Déjà il a oublié la captive Ludmile
et ses beautés, chères il y a peu de temps.
Le désir voluptueux le tourmente,
son œil errant brille,
et plein d'une attente passionnée
son cœur se pâme, il brûle.

Voilà qu'il sort du bain,
vêtu d'étoffes de velours.
Au milieu de vierges charmantes, Ratmire
prend place à un riche festin.
Je ne suis pas Homère : en vers élevés,
lui seul peut chanter
les dîners d'armées grecques
et le bruit et l'écume des coupes profondes ;
il m'est plus doux, sur les traces de Parny,

de glorifier d'une lyre nonchalante
et la nudité de l'ombre de la nuit,
et le baiser d'un amour tendre !
Par la lune le château est éclairé,
je vois une chambre éloignée
où le guerrier langoureux, enflammé
goûte un sommeil solitaire.
Son front, ses traits
brillent d'une flamme subite ;
ses lèvres demi-closes
appellent la secrète caresse ;
il respire lentement, passionnément,
il les voit — dans son ardent sommeil
il serre les couvertures contre son cœur.
Mais dans le silence profond
la porte s'ouvrit.... le plancher jaloux
craqua sous le petit pied hâtif,
et au clair de la lune argentée
apparut une vierge. Rêves ailés,
disparaissez, envolez-vous !
Réveille-toi, — ta nuit a sonné !
Réveille-toi, — l'instant perdu est cher !..
Elle s'approche, il est couché,
il sommeille dans une ardente volupté.
La couverture glisse de son lit
et le duvet brûlant encadre son front.
La vierge silencieuse devant lui
est debout immobile, sans haleine,

comme la Diane hypocrite
devant son cher berger ;
et voilà que sur le lit du khan
appuyant un genou,
soupirant, vers lui elle baisse son visage
avec un frisson ardent, langoureux ;
elle interrompt le sommeil du bienheureux
par une caresse passionnée et muette...

Mais, amis, ma lyre virginale
s'est tue sous mes doigts,
ma timide voix faiblit —
quittons le jeune Ratmire,
je n'ose plus continuer les chansons.
Rouslane doit nous occuper
Rouslane, ce guerrier exemplaire,
ce héros dans l'âme, cet amoureux fidèle.

Fatigué de l'horrible bataille,
à l'abri de la tête du géant
il goûte un bon sommeil.
Mais déjà le doux horizon
fait luire l'aurore matinale,
tout est lumineux ;
le rayon joyeux du matin
dore le front chevelu de la tête.
Rouslane se lève et son cheval fougueux
déjà part comme une flèche.

Les jours fuient, les champs jaunissent,
des arbres tombe la feuille caduque,
dans les forêts le gémissement du vent d'automne
couvre la voix des chanteuses emplumées ;
un brouillard lourd, chargé de nuages
enveloppe les collines nues —
L'hiver s'est approché... Rouslane
continue sa route avec courage
vers le Nord lointain ; chaque jour
il rencontre des obstacles nouveaux :
tantôt il combat un guerrier,
tantôt une sorcière, tantôt un géant ;
tantôt par un clair de lune il voit,
comme à travers un rêve magique,
dans un brouillard argenté
des roussalki sur les branches
se balançant doucement :
un sourire malicieux aux lèvres,
elles appellent silencieusement le jeune guerrier...
Mais, sauvegardé par une secrète pensée,
le guerrier sans peur est invulnérable :
il ne les voit pas, il ne les écoute pas,
seule Ludmile est partout avec lui.

Cependant, à tous invisible,
des assauts du sorcier
par le casque magique gardée,
que fait ma princesse,

ma belle Ludmile ?
Muette et silencieuse,
elle se promène seule dans les jardins,
pense à l'ami et soupire,
ou bien, donnant liberté à ses rêves,
vers les champs paternels de Kief,
dans l'oubli du cœur, elle s'envole :
elle embrasse le père et les frères,
elle voit ses jeunes compagnes
et ses vieilles bonnes mères.
La séparation et la captivité sont oubliées.
Mais bientôt la pauvre princesse
retrouve la réalité. —
Et de nouveau elle est seule et triste ;
les esclaves de l'amoureux scélérat,
jour et nuit n'osant s'asseoir,
dans le château, dans les jardins
cherchaient la charmante captive,
s'agitaient, clamaient.
Néanmoins tout fut vain.
Ludmile s'en amusait :
parfois dans les prairies magiques,
sans casque, soudain elle apparaissait
et criait : « Par ici, par ici ! »
Et tous en foule se portaient vers elle ;
de nouveau invisible,
des mains avides elle fuyait
d'un pas imperceptible.

A toute heure, partout, on remarquait
ses traces d'un instant.
Tantôt des fruits dorés
sur les branches bruyantes disparaissaient,
tantôt les gouttes de l'eau de source
sur la prairie foulée tombaient ;
alors sûrement on savait au château
que la princesse mangeait et buvait ;
sur les branches d'un cèdre ou d'un bouleau
se cachant pendant les nuits, elle
cherchait le sommeil d'un instant. —
Mais elle ne répandait que des larmes,
appelait son époux et le repos,
souffrait de la tristesse et du bâillement,
et rarement avant l'aube,
la tête appuyée contre un arbre,
elle sommeillait d'un somme léger.
A peine l'obscurité de la nuit s'éclaircissait
que Ludmile se dirigeait vers le torrent
pour se laver avec le jet froid.
Et même une fois, de son palais,
le nain vit un matin
comment sous l'invisible main
jaillissait le torrent.
Dans sa tristesse habituelle
jusqu'à la prochaine nuit, çà et là,
elle errait dans les jardins ;
souvent à la chute du jour on entendait

son agréable petite voix ;
souvent dans les prairies on ramassait
ou bien sa couronne jetée,
ou bien des flocons d'un schall de Perse
ou un mouchoir plein de larmes.

Par la passion cruelle mordue
par le dépit, par la colère assombri,
le sorcier se décida, enfin.
à attraper Ludmile à tout prix.
Comme le forgeron boiteux de Lemnos,
après avoir accepté la couronne nuptiale
des mains de la charmante Cythérée,
il tendit un guet-apens à ses beautés,
dévoilant aux dieux moqueurs
de la Cypride les tendres prouesses...

La malheureuse princesse, s'ennuyant,
dans la fraicheur d'un pavillon de marbre
est assise près de la fenêtre,
et à travers les branches balancées
regarde la prairie en fleurs.
Soudain, elle entend qu'on appelle : « Chère amie !»
et elle voit son fidèle Rouslane
ses traits, sa démarche, son allure ;
mais il est pâle, ses yeux sont obscurcis,
et sur sa hanche une blessure est ouverte...
Son cœur frémit. « Rouslane !

Rouslane !... c'est lui ! » Et comme une flèche
vers l'époux la captive s'envole
en pleurant, frissonnante, elle s'écrie :
« Tu es là... tu es blessé... qu'as-tu ? »
Déjà elle l'atteint, elle l'embrasse...
Oh ! terreur... le fantôme disparaît !
La princesse est prise au piège ;
de son front le casque tombe sur la terre.
Glacée, elle entend le cri menaçant :
« Elle est à moi ! » Et au même instant
devant ses yeux surgit le sorcier.
Le cri plaintif de la vierge retentit,
elle tombe évanouie — et le sommeil prestigieux
l'enveloppe de ses ailes.

Qu'adviendra-t-il de la pauvre princesse ?
O vision effroyable :
le sorcier décrépit caresse d'une main hardie
les jeunes charmes de Ludmile !
Serait-il possible qu'il puisse être heureux ?

Chut !... soudain, on entend le son du cor ;
c'est un bruit d'alarme,
dans sa confusion le pâle sorcier
met le casque sur la vierge.
Le cor retentit plus fort, plus fort !
et le nain vole au devant de l'inconnu
en rejetant sa barbe en arrière.

CINQUIÈME CHANT.

Oh! que ma princesse est gentille!
Par-dessus tout son caractère m'est cher ;
elle est sensible, modeste,
à l'amour conjugal fidèle,
un peu volage.. eh ! bien, quoi ?
elle n'en est que plus charmante.
A toute heure, par un charme nouveau.
elle sait nous captiver ;
dites, peut-on la comparer
à Delfire la sévère ?
A l'une, le sort a envoyé le don
de charmer les cœurs et les regards ;
son sourire, ses discours
éveillent en moi l'amour.
L'autre est un hussard en jupon,
il ne lui manque que les moustaches et les éperons!

Heureux qui, vers le soir,
dans un coin solitaire
par Ludmile est attendu
et qu'elle appelle ami du cœur !
Mais, croyez moi, heureux aussi celui
qui échappe à Delfire,
et même qui ne la connaît point.
D'ailleurs il ne s'agit pas de cela !
Mais qui sonne du cor ? Qui provoque
le sorcier à un combat sanglant ?
Qui effraye le sorcier ?
Rouslane. Enflammé par la vengeance,
il a atteint la demeure du scélérat.
Déjà le guerrier est au pied de la montagne,
le cor d'appel comme une tempête gémit,
le cheval bout d'impatience
et creuse la neige de son fer puissant.
Rouslane attend le nain. Soudain,
sur le solide casque d'étain
une main invisible le frappe. —
Le coup est tombé pareil au tonnerre ;
Rouslane lève un regard trouble
et il voit :   droit au-dessus de sa tête,
avec une massue redoutable levée,
vole le nain Tchernomor.
Couvert par le bouclier, il se baissa,
brandit le poignard ;
mais l'autre s'envola dans les nues,

disparut un instant — et d'en haut,
avec grand bruit, vola de nouveau vers le duc ;
le guerrier adroit l'esquive, —
et dans la neige par l'élan fatal
le sorcier tombe, et demeure ;
Rouslane sans mot dire
descend de cheval, se précipite vers lui,
l'empoigne, saisit sa barbe ;
le sorcier fait des efforts, gémit
et brusquement s'envole avec Rouslane...
Le cheval fougueux les regarde ;
déjà le sorcier est sous les nues ;
à la barbe le héros est suspendu ;
ils volent au-dessus de sombres forêts,
ils volent au-dessus de sauvages montagnes,
ils volent au-dessus de l'abîme marin...
Engourdi par l'effort,
d'une main obstinée
Rouslane tient la barbe du scélérat.
Cependant, faiblissant dans l'air
et s'étonnant de la force russe,
le magicien astucieux dit
au fier Rouslane : « Ecoute, duc !
je cesserai de te nuire,
aimant le jeune courage.
j'oublierai tout, je te pardonnerai,
je descendrai, mais à une condition... »
« Tais-toi, cruel scélérat ! »

interrompt notre guerrier : « avec Tchernomor,
avec le tyran de sa femme,
Rouslane ne connait pas de condition.
Ce poignard menaçant punira le voleur :
vole jusqu'à l'étoile de la nuit,
mais tu resteras sans barbe ! —
La peur s'empare du Tchernomor ;
de dépit, muet de chagrin,
le nain fatigué agite
sa longue barbe en vain.
Rouslane ne la lâche pas
et lui tire de temps en temps les cheveux.
Pendant deux jours le sorcier porte le héros,
le troisième, il demande grâce :
« O ! chevalier, aie pitié de moi ;
je ne respire plus, je suis à bout de forces,
laisse-moi la vie, je suis en ton pouvoir ;
dis, — où faut-il que je descende !... »
« Tu es à nous maintenant, ah ! tu trembles !
résigne-toi, obéis à la force russe !
Porte-moi auprès de ma Ludmile. »

Humblement le Tchernomor écoute...
il se dirige avec le guerrier,
chez lui, il vole — et se trouve à l'instant
au milieu de montagnes effroyables.
Alors, Rouslane d'une main
prit le poignard de la tête vaincue,

et, saisissant de l'autre la barbe,
la coupa comme une poignée d'herbe.
« Connais-nous ! » dit-il cruellement,
« quoi, ravisseur, où est ta beauté ?
Où est ta force ? » et au casque élevé
il attache les blancs cheveux.
En sifflant il appelle le coursier ;
le cheval joyeux vole et hennit...
Notre héros mit le nain à moitié mort
dans le sac, derrière la selle,
et lui-même, craignant de perdre un instant,
se précipite au sommet d'une montagne.
Il l'atteint, — et la joie dans l'âme
vole au château magique.
Voyant de loin le casque barbu,
gage d'une victoire fatale,
l'essaim merveilleux des Arabes,
les foules des captives timides,
comme des fantômes, de toute part
courent — et disparaissent. Il se promène
solitaire au milieu de salles superbes,
il appelle la chère épouse. —
Seul l'écho des voûtes silencieuses répond à Rouslane.
Plein d'émotion, d'impatience,
il ouvre la porte du jardin —
il va, il va — et ne la trouve pas ;
autour de lui il promène son œil troublé. —
Tout est mort : les prairies se taisent,

les pavillons sont vides ; sur les pentes,
le long du ruisseau, dans les vallées,
point de traces de Ludmile,
et l'oreille ne perçoit rien.
Un froid subit s'empare du duc,
dans ses yeux le jour s'obscurcit,
dans son esprit naissent de noires pensées...
« Peut-être, le chagrin... la lugubre captivité...
un instant... des vagues... » Dans ces rêveries
il est plongé. Avec un désespoir muet
le guerrier baisse la tête,
une peur involontaire le tourmente.
Il est immobile comme la pierre morte ;
sa raison s'égare, la sauvage ardeur
et le poison d'un amour désespéré
coulent déjà dans ses veines.
Il semble que l'ombre de la belle princesse
effleure ses lèvres frissonnantes...
Et tout-à-coup furieux, effroyable
le guerrier se démène dans les jardins,
appelle Ludmile en sanglotant,
arrache les rochers des collines,
détruit tout, brise tout avec le poignard,
les pavillons tombent sur les prairies,
les arbres, les ponts plongent dans les vagues,
le steppe se découvre aux alentours !
Au loin les échos rendirent
le rugissement, le craquement, le vacarme et le tonnerre ;

7

partout le poignard sonne et siffle,
le pays charmant est dévasté.
Le guerrier en démence cherche une victime,
d'un élan, à droite, à gauche,
il fend l'air désert...
Et soudain par hasard un coup
enlève à la princesse invisible
le don d'adieu du Tchernomor...
A l'instant, la force de la magie disparut ;
dans des rets apparut Ludmile !
Ne pouvant croire ses yeux,
enivré d'un bonheur inattendu,
notre guerrier tombe aux pieds
de l'amie fidèle, inoubliable.
Il lui baise les mains, arrache les rets,
répand des larmes d'amour, de bonheur.
Il l'appelle - mais la vierge dort,
ses yeux et ses lèvres sont clos,
et un rêve voluptueux
agite sa jeune poitrine.
Rouslane ne la quitte pas des yeux,
de nouveau une douleur le torture.
Mais aussitôt il entend une voix amie
la voix du vertueux Finlandais :

    « Aie courage, duc, retourne
avec la dormante Ludmile ;
remplis ton cœur d'une force nouvelle,

sois fidèle à l'amour et à l'honneur :
la foudre céleste tombera sur le mal,
et le silence régnera —
et dans Kief le lumineux, la princesse
devant Wladimir ressuscitera
de son sommeil magique. »

Rouslane ranimé par cette voix,
prend l'épouse dans ses bras,
et doucement, avec le fardeau précieux,
il quitte la hauteur
et descend dans la vallée solitaire.

Silencieux, le nain dans sa selle,
il se mit en route ;
dans ses bras est couchée Ludmile,
fraîche comme une rose printanière,
et, sur l'épaule du héros
s'appuye le visage serein.
Le vent du désert joue
avec les frisons de ses cheveux.
Combien souvent sa poitrine soupire,
combien souvent le doux visage
ainsi qu'une rose éphémère est enflammé !
L'amour et le rêve secret
lui apportent l'image de Rouslane,
et avec un chuchotement langoureux
les lèvres prononcent le nom de l'époux...

Lui, dans un doux oubli, s'enivre
de l'haleine magique,
du sourire, des larmes, d'un tendre soupir
et de l'agitation des seins endormis... *

   Cependant, par monts et par vaux,
et le jour, et la nuit,
notre guerrier va sans s'arrêter :
la ville souhaitée est loin encore,
et la vierge sommeille. Mais, est-il possible
que le duc, brûlant d'une flamme vaine,
martyr constant,
se borne à veiller seulement l'épouse
et dans une rêverie sage,
calmant le désir indiscret,
trouve la félicité ?
Le moine, qui garda
à la postérité la tradition fidèle
de mon célèbre guerrier,
nous en assure absolument.
Et je le crois ! Sans partage,
tristes, grossiers sont les plaisirs :
nous ne sommes heureux qu'à deux.
Bergères, le sommeil de la princesse charmante
ne ressemblait point à vos sommeils,
pendant le printemps langoureux
sur le gazon, à l'ombre des forêts.
Je me rappelle une petite prairie

au milieu d'une forêt de bouleaux,
je me rappelle un sombre soir,
je me rappelle le sommeil malicieux de Lida.
Oh ! le premier baiser d'amour,
tremblant, léger, hâtif !
Il ne chassa pas, mes amis,
sa somnolence patiente...
Mais c'est assez, je dis des bêtises !
A quoi bon le souvenir d'amour,
ses joies et ses souffrances
par moi sont oubliées depuis longtemps ;
maintenant mon attention est attirée
par la princesse, Rouslane et Tchernomor.

Devant eux s'étend une plaine
où les pins surgissent au loin,
on voit noircir le rond sommet
sur le bleu éclatant des cieux.
Rouslane regarde — et devine
qu'il s'approche de la tête.
Plus vivement le coursier galope,
déjà on voit la merveille des merveilles :
elle regarde d'un œil immobile;
ses cheveux sont comme une forêt noire
poussée sur le front élevé ;
ses traits sont privés de vie;
couvertes d'une pâleur de plomb;
les immenses lèvres sont entr'ouvertes,

les immenses dents sont serrées...
Sur la tête demi-morte
le dernier jour déjà pesait.
Le brave guerrier vola vers elle
avec Ludmile, le nain derrière le dos.
Il s'écria : « Salut, tête !
Je suis là, ton traître est puni !
regarde, le voilà, le scélérat, notre captif! »
Et les paroles fières du duc
animèrent subitement la tête,
pour un instant ses sens se réveillèrent.
Comme remise de son sommeil,
elle regarda, poussa un horrible gémissement, —
reconnut le guerrier,
reconnut son frère avec frayeur.
Ses narines s'enflèrent, sur ses joues
la flamme rouge se montra,
et dans ses yeux mourants
la dernière colère parut.
Dans son trouble, dans sa rage muette
elle grinçait des dents,
et, à son frère, de sa langue froide
elle balbutia un reproche indistinct...
Déjà, à cette même heure
sa longue souffrance finissait,
la flamme subite du front s'éteignait,
la pénible haleine faiblissait
l'œil immense s'égarait...

Et bientôt le duc et Tchernomor
virent les convulsions de la mort.
Elle s'endormit d'un sommeil éternel.
Le guerrier s'éloigna en silence,
le nain tremblant derrière la selle
n'osa pas respirer, ni bouger,
et dans sa langue de sorcellerie
avec ardeur il se mit à prier les démons.

Il y avait sur la pente, aux sombres bords
d'un petit fleuve innommé,
dans le frais crépuscule des bois,
une chaumière penchée, au toit
couronné d'épais sapins.
Le fleuve dans son cours lent
baignait d'une vague somnolente
la haie de roseau,
et autour d'elle murmurait à peine
au bruit léger du vent.
Une vallée dans ces lieux se cachait
solitaire et sombre,
et là, semblait-il, le silence
régnait depuis la naissance du monde.
Rouslane arrêta son cheval.
Tout était calme, insoucieux ;
par le jour levant,
la vallée et la prairie riveraine
à travers la vapeur matinale luisaient.

Rouslane pose son épouse sur l'herbe,
il se place auprès d'elle, soupire
avec une tristesse douce et muette ;
et soudain il voit devant lui
l'humble voile d'une barque,
et il entend la chanson du pêcheur,
au-dessus du fleuve aux eaux tranquilles.
Étendant le filet sur les vagues,
le pêcheur, incliné sur les rames,
vogue vers les bords boisés,
vers le seuil d'une humble chaumière.
Et le brave duc Rouslane voit :
la barque s'approche du bord ;
de la sombre chaumière accourt
une jeune femme. Taille gracieuse,
cheveux pendants avec nonchalance,
sourire, doux regard des yeux,
poitrine et épaules nues —
tout est charmant, tout séduit en elle.
Et les voilà enlacés,
assis au bord des eaux fraîches,
goûtant avec amour
l'heure du loisir insouciant.
Mais, avec une surprise muette,
qui, dans l'heureux pêcheur,
reconnaît le jeune guerrier ?
Le khan des Khasars, élu par la gloire,
Ratmire, son jeune rival

dans l'amour, dans la bataille sanglante,
Ratmire, oubliant dans le calme désert
la gloire, Ludmile,
et les trahissant à jamais
dans les bras d'une tendre amie.

Le héros s'approche et à l'instant
l'ermite reconnaît Rouslane,
il se lève, il vole. Un cri retentit...
Et le jeune khan embrassa le duc.
« Que vois-je, » demanda le héros,
« pourquoi es-tu ici? pourquoi as tu abandonné
les soucis d'une vie guerrière
et le poignard que tu as glorifié? »
« Mon ami » répondit le pêcheur,
« mon âme est lasse de la gloire des armes,
vide et périlleux fantôme.
Crois-moi, les jeux innocents,
l'amour et les forêts tranquilles
sont au cœur mille fois plus chers.
Maintenant, perdant la soif des armes,
j'ai cessé de payer des tributs à la folie
et je suis riche d'un bonheur sûr;
j'ai tout oublié, cher ami,
tout, même les charmes de Ludmile... »
« Cher khan, j'en suis très heureux! »
dit Rouslane « elle est avec moi! »
« Est-ce possible, par quel hasard

Qu'entends-je. La princesse russe...
elle est avec toi, où est-elle ?
Permets... mais non, j'ai peur de la trahison :
mon amie m'est chère ;
de mon heureux changement
elle fut la cause ;
elle est ma vie, elle est ma joie !
elle m'a rendu
ma jeunesse perdue,
et la paix et l'amour pur.
En vain le bonheur m'était promis
par les lèvres des jeunes magiciennes,
douze vierges m'aimaient.
Pour elle je les ai quittées,
j'ai abandonné le château joyeux
dans l'ombre des forêts préservatrices ;
j'ai renoncé au poignard, au casque lourd,
j'ai oublié et la gloire et les ennemis :
ermite paisible et ignoré
dans l'heureux désert je suis resté
avec toi, amie chère, amie charmante,
avec toi lumière de mon âme ! » —

La petite bergère écoutait
le franc discours des amis
et fixait les yeux sur le khan
et souriait, et soupirait.

Le pêcheur et le guerrier sur les bords
restèrent jusqu'à la sombre nuit,
l'âme et le cœur sur les lèvres.
Les heures invisibles s'écoulent,
la forêt s'assombrit, la montagne est noire,
la lune se lève - tout devient silencieux,
il est temps de se mettre en route.
Couvrant doucement
la vierge endormie,
Rouslane remonte à cheval ;
le khan pensif et muet
le suit du cœur,
et souhaite à Rouslane amour, gloire,
bonheur, victoires...
Il anime par une tristesse involontaire
les pensées des années jeunes et fières.

Pourquoi, par le sort, n'est-il pas donné
à ma lyre inconstante
de chanter le seul héroïsme
et avec lui, inconnus dans l'univers,
l'amour et l'amitié des vieilles années ?
Poète de la triste vérité,
pourquoi dois-je dénuder le vice,
et démasquer, à la postérité le mal,
et les trames secrètes de la trahison,
dans les chants véridiques ?

L'indigne prétendant de la princesse,
perdant le désir de la gloire, ignoré, Farlaf
dans le désert lointain et tranquille
se cachait et attendait Naïne.
Et l'heure solennelle advint.
Devant lui la sorcière apparut
disant : « Me connais-tu ?
suis-moi, selle ton cheval ! »
Et la sorcière se transforma en chatte.
Le cheval sellé, elle se mit à courir...
Dans les sombres sentiers des forêts,
Farlaf la suit.

La vallée tranquille sommeillait,
vêtue d'un nocturne brouillard,
la lune parcourait dans les ténèbres
les nuages et éclairait
le tertre d'un éclat subit.
Au-dessous, Rouslane silencieux
était assis dans sa tristesse habituelle
devant la princesse endormie ;
il était absorbé par une profonde pensée ;
les rêves volaient derrière les rêves,
et le sommeil imperceptible soufflait de ses ailes froides.
De ses yeux troublés, dans sa vague somnolence,
il regarda la vierge,
et baissant sa tête fatiguée,
à ses pieds, il s'endormit.

Le héros est saisi d'un rêve prophétique :
il voit la princesse
au-dessus d'un abîme d'une profondeur effroyable,
debout, immobile et pâle...
Tout à coup Ludmile disparaît,
il reste seul au bord de l'abîme...
Une voix connue, un gémissant appel
se font entendre dans l'abîme...
Rouslane se précipite derrière sa femme,
il vole dans l'obscurité profonde...
Et il voit soudain devant lui :
Vladimir dans son château élevé,
entouré de blancs héros,
au milieu de ses douze fils,
d'une foule d'invités,
est assis à la table guerrière.
Et le vieux duc est aussi furieux
qu'au jour affreux de la séparation ;
et tous sont assis sans un mouvement,
n'osant pas rompre le silence.
Le bruit joyeux des convives s'est éteint,
la coupe de ronde ne circule pas.
Et il voit au milieu des convives
Rogdaï vaincu dans la bataille ;
tué il est assis, comme un vivant,
dans un verre enivrant
il boit joyeux et ne regarde pas
Rouslane étonné.

Le duc voit et le jeune khan,
et des amis et des·ennemis... et soudain
résonne le son furtif du psaltérion
et la voix prophétique du Baiane,
chanteur des héros et des plaisirs.
Farlaf entre au château
conduisant par la main Ludmile ;
mais le vieillard, ne se levant pas de place
se tait, baissant sa tête triste;
les ducs, les boyards se taisent
dissimulant les mouvements de leur âme.
Tout disparut — un froid mortel
s'empara du héros endormi.
Plongé dans un sommeil pénible
il verse des larmes douloureuses,
plein d'émotion il pense : c'est un rêve !
Il souffre, mais l'horrible cauchemar,
hélas ! il n'a pas la force de le rompre.

La lune luit faiblement sur la montagne,
les prairies sont couvertes de ténèbres,
dans la vallée un silence mortel   .
Le traître arrive au galop.

Devant lui s'ouvrit une prairie,
il voit un tertre obscur,
aux pieds de Ludmile dort Rouslane,
et autour du tertre se promène le cheval.

Farlaf regarde avec frayeur,
dans le brouillard disparaît la sorcière...
Son cœur s'est arrêté, il tremble,
la bride tombe de ses mains froides,
doucement il tire son poignard,
s'apprête d'un élan
à fendre le héros en deux.
Il s'est approché... Le cheval du héros,
sentant l'ennemi, s'agita,
hennit, piaffa. Alerte inutile !
Rouslane n'entend pas — le rêve épouvantable
comme un poids pèse sur lui...
Le traître, par la sorcière encouragé,
dans la poitrine du héros, de sa main misérable
enfonça trois fois le froid acier...
Et il s'en fut craintivement au loin
avec sa précieuse proie.

Toute la nuit, Rouslane, sans connaissance,
demeura dans les ténèbres sous la montagne.
Les heures fuyaient. Le sang comme un fleuve
s'écoulait des blessures enflammées...
Le matin, ouvrant son œil troublé,
poussant un faible et pénible gémissement,
avec effort il se leva,
regarda, pencha sa tête guerrière
et tomba immobile, sans haleine...

SIXIÈME CHANT

Tu m'ordonnes, ô tendre amie,
de chanter sur une lyre légère et nonchalante
les chimères du temps jadis
et de consacrer à la muse fidèle
les heures du précieux loisir...
Tu sais, amie aimée,
que brouillé avec la volage renommée,
ton ami, de félicité enivré,
a oublié et le travail solitaire,
et les sons de la lyre chère. —
Du jeu harmonieux déshabitué,
grisé par la volupté...
je respire par toi — et le cri d'appel de la fière gloire
m'est indistinct !
Le mystérieux génie des fictions
et des douces pensées m'a abandonné ;

l'amour et la soif des plaisirs,
seuls, persécutent mon esprit.
Mais tu ordonnes, mais jadis
tu aimas mes récits d'antan
des légendes de la gloire et de l'amour ;
mon héros, ma Ludmile,
Vladimir, la sorcière, Tchernomor,
et les tristesses fidèles du Finlandais
occupaient ta rêverie.
En écoutant mon léger badinage
avec un sourire parfois tu sommeillais,
et parfois ton tendre regard
plus tendrement sur le chanteur se fixait...
Je me décide : bavard amoureux,
je touche aux cordes paresseuses,
je me mets à tes pieds, et de nouveau
je chante mon jeune guerrier.

Mais qu'ai-je dit ? Où est Rouslane ?
Il est étendu mort au champ clair ;
son sang ne coule plus,
au-dessus de son corps vole un avide corbeau ;
le cor est muet, l'armure immobile,
la chevelure du casque ne flotte pas.

Autour de Rouslane marche le cheval,
penchant sa tête fière ;
de ses yeux la flamme a disparu,

il ne branle pas sa crinière dorée,
il ne s'amuse pas, il ne saute pas,
il attend que Rouslane ressuscite...
Mais le sommeil froid du duc est profond
et de longtemps son bouclier ne se lèvera...

Et Tchernomor ? Derrière la selle,
dans son sac, par la sorcière oublié,
ne sachant encore rien,
fatigué et furieux,
pour se désennuyer
injuriait en silence
la princesse et mon héros.
N'entendant rien depuis longtemps,
le magicien regarda au dehors — oh! merveille ! —
Il voit : le héros tué
est étendu inondé de sang,
point de Ludmile, tout est vide au champ,
le scélérat tremble de joie
et pense : c'en est fait, je suis libre !
Mais le vieux nain se trompait.

Cependant, aidé par Naïne,
avec Ludmile doucement endormie,
Farlaf se dirige vers Kief :
il vole, plein d'espoir, de crainte ;
devant lui déjà les vagues du Dniepre
bruissent dans les pâturages connus,

déjà il aperçoit la ville aux sommets dorés,
déjà Farlaf galope par la ville,
et le bruit se lève dans les rues ;
dans l'émotion joyeuse le peuple
suit le cavalier, s'entasse,
court réjouir le père —
et voilà le traître devant l'entrée.

Traînant dans l'âme le fardeau de la tristesse,
Vladimir-le-Soleil, en ce temps,
dans son château élevé
siégeait, tourmenté par sa pensée habituelle.
Autour de lui les boyards, les guerriers,
étaient assis avec une lugubre gravité...
Tout-à-coup il entend, devant le portail
une agitation, des cris, un bruit merveilleux.
La porte s'ouvrit, — devant lui
apparut un guerrier inconnu. .
Tous se levèrent avec un sourd murmure
et soudain se troublèrent, s'agitèrent.
« Ludmile est ici ! Farlaf... est-ce possible ? »
Changeant son triste visage,
de son fauteuil le vieux duc se lève,
il se hâte avec des pas lourds
vers sa malheureuse fille,
il s'approche et de ses mains paternelles
veut la toucher,
mais la chère fille n'entend pas,

et ensorcellée sommeille
dans les mains du meurtrier. Tous regardent
le duc dans une attente troublée,
et le vieillard en silence fixe
sur le guerrier son regard inquiet.
Mais d'un air rusé, serrant le doigt à ses lèvres,
« Ludmile dort » dit Farlaf :
« c'est dans cet état que je l'ai trouvée
dans les forêts désertes,
dans les bras du démon méchant...
Là, l'affaire se passa à souhait,
trois jours nous nous battîmes ; la lune
sur le champ de bataille trois fois s'est levée :
il succomba, et la jeune princesse
endormie par mes mains était accueillie.
— Qui rompra ce sommeil magique ?
Quand viendra son réveil ?
Je ne sais, — la loi du sort est cachée !
Et pour nous, l'espoir et la patience
restent notre seule consolation. »
Bientôt avec la nouvelle fatale
le bruit dans la ville courut ;
et d'une foule bigarrée de peuple
la place de la ville se remplit...
Le triste château est ouvert à tous :
la foule s'agite, se dirige là
où sur un lit élevé,
sur un drap de brocart

la princesse est endormie d'un sommeil profond ;
les ducs et les guerriers l'entourent,
debout, tristes ; les sons des trompettes,
du cor, du tympanon, du psaltérion, du tambour
résonnent au-dessus d'elle. Le vieux duc,
fatigué par le chagrin,
aux pieds de Ludmile laissa tomber sa tête blanche
avec des larmes muettes ;
et près de lui Farlaf
dans un repentir muet, dans le dépit,
tremble, en perdant courage.

La nuit arriva. Personne dans la ville
ne ferma l'œil : avec bruit
tous s'entassaient,
parlaient du miracle.
Le jeune marié oubliait
dans la modeste chambrette son épouse.
Mais à peine la lueur de la lune aux deux cornes
eut-elle disparu, avant l'aube du matin,
que tout Kief, par une nouvelle alerte
se troubla. Les cris, le bruit et les gémissements
se levèrent partout. Les habitants de Kief
s'entassent sur la muraille de la ville...
Et ils voient que dans le brouillard du matin
les tentes blanchissent derrière le fleuve,
les boucliers comme le soleil brillent,
dans les champs les cavaliers pointent,

levant au loin les cendres noires;
les chars de guerre défilent,
les bûchers brûlent sur les collines,
malheur ! Les pietcheniegues (1) arrivent.

Mais pendant ce temps le sage Finlandais,
le maître puissant des esprits,
dans son désert, insouciant,
avec un cœur tranquille attendait
qu'advint le jour du sort inévitable
longtemps prévu.

Dans la muette profondeur des steppes brûlants,
derrière la chaîne lointaine des sauvages montagnes,
demeures des vents et des orages foudroyants,
là où le regard hardi de la sorcière
a peur de pénétrer à une heure tardive,
est cachée une vallée miraculeuse,
et dans cette vallée deux sources :
l'une s'écoule en vague de vie,
bruissant gaiement sur les pierres,
de l'autre tombe l'eau de la mort,
Tout est silencieux, les vents dorment,
la fraîcheur printanière ne souffle pas,
les sapins centenaires ne remuent pas,
les oiseaux ne voltigent pas, la biche ne se hasarde pas,

---

(1) Peuplade sauvage.

par les chaleurs d'été, à boire l'eau mystérieuse.
Depuis l'aurore du monde un couple d'esprits,
muets au sein de la paix.
veille sur la sombre rive...
Avec deux coupes vides
l'ermite se présenta devant eux :
les esprits interrompirent leur sommeil magique
et s'éloignèrent pleins de frayeur.
Se baissant, il plonge
les vases dans les eaux virginales :
il les remplit, disparut dans l'air.
et se trouva en un instant
dans la vallée, où Rouslane gisait
ensanglanté, muet, sans mouvement :
et le vieillard se campa auprès du chevalier,
et l'aspergea avec l'eau de mort — :
et les blessures brillèrent soudain.
et le cadavre d'une beauté merveilleuse
fleurit : alors avec l'eau de vie
le vieillard aspergea le héros,
et courageux, plein de forces nouvelles,
frissonnant d'une vie jeune
Rouslane se lève ; et
il regarde avec avidité le jour clair.
comme un cauchemar, comme une ombre,
le passé apparaît devant lui.
Mais où est Ludmile ? Il est seul !
Son cœur enflammé se glace.

Subitement le guerrier s'anima. Le Finlandais prophétique
l'appelle et l'embrasse !
L'eau miraculeuse guérit les blessures,
rend la vie et la force à Rouslane.
En partant le Finlandais lui dit :
« Le sort s'est accompli, ô mon fils !
la félicité t'attend ;
un festin sanglant t'appelle,
ton poignard menaçant effacera le malheur ;
sur Kief la douce paix descendr
et là-bas elle t'apparaîtra.
Prends cette bague salutaire,
touche avec elle le front de Ludmile,
les forces des charmes disparaîtront ;
les visages de tes ennemis se troubleront ;
pardonne pour longtemps, mon guerrier !
Donne ta main... Là, derrière la porte de la tombe,
pas avant – nous allons nous voir !... »
Il dit et disparut. Enivré
par l'enthousiasme ardent et muet,
Rouslane pour la vie réveillé
tend les bras vers lui...
Mais on n'entend plus rien !
Rouslane est seul dans le champ désert ;
sautant avec le nain derrière la selle,
le cheval impatient de Rouslane
court et hennit, en secouant sa crinière ;
déjà le duc est prêt, il est à cheval,

déjà il vole sain et sauf,
à travers champs et forêts.

Mais cependant quelle honte
présente Kief assiégé !
Là, l'œil fixé sur les pâturages,
le peuple que la tristesse décourage
est debout sur les tours et sur les murs
et dans la crainte attend la punition céleste ;
dans les maisons se répandent les timides pleurs,
dans les rues règne le silence de la peur...
Seul près de sa fille,
Vladimir en une prière douloureuse,
et les courageux chevaliers
se préparent à la bataille sanglante.

Et le jour arriva. Les foules ennemies
à l'aube descendirent des collines,
des armées indomptables
s'agitant se jetèrent dans les plaines
et s'écoulèrent vers le mur de la ville.
Dans la ville les trompettes retentirent,
les combattants se serrèrent, volèrent
à la rencontre de l'armée courageuse,
ils la joignirent et la bataille s'engagea.
Sentant la mort, les chevaux s'emportèrent,
les poignards frappèrent les cuirasses,
avec un sifflement s'éleva la nuée des lames...

La plaine se couvrit de sang,
les cavaliers partirent au galop,
les armées se mêlèrent :
en mur fermé, d'accord
se battirent les fronts;
là, un cavalier lutte avec un piéton.
là, passe un cheval effrayé,
là, tombe un russe et là un pietcheniegue.
là, montent les cris de la bataille. là on voit des fuyards:
celui-là est renversé par une massue.
celui-là atteint par une flèche légère.
l'autre aplati par un bouclier.
écrasé par un cheval enragé...
Et la bataille continua jusqu'à la nuit profonde.
ni l'ennemi ni les nôtres n'eurent le dessus.
Les combattants fermèrent leurs yeux langoureux.
et leur sommeil guerrier était dur :
mais rarement sur le champ de bataille
on entendit les gémissements des blessés
et les prières des héros russes.

L'ombre du matin pâlissait,
l'onde s'argentait dans le torrent,
un jour douteux naissait
au couchant nuageux.
Les collines et les forêts se rassérénaient,
et les cieux s'éveillaient.
Encore dans un repos inactif

sommeillait le champ de guerre,
soudain le sommeil fut interrompu : le camp ennemi
se leva bruyamment,
le cri subit des combats s'entendit :
le cœur des habitants de Kief se trouble,
ils courent en foules désordonnées
et ils voient : dans les champs, au milieu d'ennemis,
brillant dans son armure comme dans du feu,
un guerrier merveilleux à cheval
passe comme un foudre, perce, frappe,
dans son cor en volant souffle...
C'était Rouslane. Comme le tonnerre divin
notre guerrier tombe sur le musulman ;
il passe avec le nain derrière sa selle
au milieu d'un camp effrayé.
Partout où siffle le poignard menaçant,
où passe le cheval furieux,
partout les têtes tombent des épaules,
et avec un sanglot le front de bataille est à terre,
en un instant le champ de bataille
est couvert par les corps ensanglantés,
vivants, écrasés, décapités,
par le tas des lances, des flèches, des cottes de mailles !
Au son de la trompe, au bruit du combat
les cavaliers slaves
galopèrent sur les traces du héros,
combattirent... péris, musulman !
La peur s'empare des pietcheniegues,

les nourrissons des assauts guerriers
appellent leurs chevaux dispersés,
ils n'osent plus combattre
et avec un sanglot sauvage aux champs poudreux
ils fuyent les poignards de Kief,
voués aux tortures de l'enfer;
leurs foules sont punies par le poignard russe,
Kief est en joie... Mais par la ville
galope le héros puissant :
il tient dans sa main le poignard triomphant,
sa lance brille comme une étoile,
le sang jaillit de son armure d'airain
sur son casque flotte la barbe ;
il vole, l'espoir lui donnant des ailes,
par les rues bruyantes vers la maison du prince.
Le peuple enivré d'enthousiasme,
avec des cris s'entasse autour de lui,
et la joie anime le jeune prince...
Il entre dans le château silencieux
où Ludmile est endormie d'un merveilleux sommeil.
Vladimir, absorbé dans une pensée
triste, était debout à ses pieds.
Il était seul. Ses amis
sont partis aux champs sanglants où la guerre les attire.
Mais Farlaf, fuyant la gloire,
loin des poignards ennemis,
méprisant dans l'âme les alarmes du camp
faisait la garde à l'entrée.

A peine le scélérat eut-il reconnu Rouslane
que son sang se figea, son regard s'éteignit,
et sans connaissance, il tomba à genoux.
La trahison attend un digne châtiment !
Mais se rappelant le pouvoir magique de l'anneau
Rouslane accourt vers Ludmile endormie ;
de sa main tremblante, il touche
son calme visage...
Prodige ! la jeune princesse
soupirant ouvrit ses yeux clairs,
elle paraissait étonnée
d'une si longue nuit ;
il lui semblait qu'un sommeil étrange
portait la hantise d'un rêve confus ;
et soudain elle reconnut son époux : « C'est lui ! »
Et le prince est dans les bras de la belle...
Ressuscité par son âme ardente
Rouslane ne voit pas, n'entend pas,
et le vieillard dans une joie muette
sanglotant, embrasse les enfants.

Par quoi finirai-je mon récit?
tu le devineras, mon cher ami !
La colère injuste du vieillard s'est éteinte ;
Farlaf devant lui et devant Ludmile
aux pieds de Rouslane avoua
sa honte et sa noire infamie ;
l'heureux prince lui pardonna ;

dépouillé de sa force magique
le nain fut reçu au château,
et, pour fêter la fin des malheurs,
Vladimir dans sa haute demeure
au sein de sa famille se mit à festoyer.

Actes des jours depuis longtemps écoulés.
légendes de la vieillesse profonde.

ÉPILOGUE

Habitant indifférent du monde,
au sein de l'oisive tranquillité.
je glorifiais de ma lyre obéissante
des légendes d'une sombre vieillesse.
Je chantais — et j'oubliais les offenses
des ennemis et de l'aveugle bonheur,
les trahisons de la volage Doride,
et les commérages bruyants des imbéciles.
Par les ailes de la fiction emporté,
au-dessus de la terre déjà je m'élevais,
et cependant de l'orage invisible,
sur ma tête, les nuages s'entassaient !...
Je périssais... Ange gardien
de mes premiers jours d'orage,
ô amitié, tendre consolatrice
de mon âme maladive !

Tu conjuras la tourmente,
tu rendis la paix à mon cœur,
tu me conservas la liberté
Idole de la jeunesse ardente !
Oublié du monde et de la renommée,
loin des bords de la Néva,
maintenant je vois devant moi
les fiers sommets du Caucase ;
dominant ces hauteurs hardies,
sur la pente des torrents pierreux,
je me nourris de sentiments muets
et du charme merveilleux des tableaux
d'une nature sauvage et maussade.
Mon âme, comme autrefois, à toute heure
est pleine d'une pénible pensée,
mais la flamme de la poésie est éteinte —
en vain je cherche des émotions !
Il est passé, le temps des vers,
le temps d'amour, de rêves joyeux,
le temps des hautes inspirations !
Le jour bref des enthousiasmes s'est écoulé —
et la déesse des doux chants
s'est dérobée à ma vue, à jamais.

FIN

26 juin 1820. Caucase.

Vannes. — Imprimerie LAFOYE, 2, place des Lices.

www.ingramcontent.com/pod-product-compliance
Lightning Source LLC
Chambersburg PA
CBHW060807250626
47162CB00005B/1698